AF591586

MOINS QUE RIEN,

SUITE

DE PEU DE CHOSE.

PAR M. GRIMOD DE LA REYNIERE.

Courte Notice des Ouvrages publiés par M. Grimod de la Reyniere.

Le *Journal des Théâtres*, en 1777 & 1778, en société avec M. de Charnois, si connu par ses talens pour la partie polémique du Théâtre.

Le *Fakir*, conte en vers, 1780, (comme Editeur,) *in*-8°.

Le *Journal de Neüchâtel*, 1781 & 1782, quant à la partie dramatique seulement qu'il rédigeoit en chef, & sans collaborateur.

Les *Réflexions philosophiques sur le plaisir*, par un Célibataire, 1783, 1 vol. *in*-8°. Il en a été fait 3 éditions en dix mois; la dernière a paru en 1784.

La *Lorgnette philosophique*, 1785, 2 vol. petit *in*-12. L'Auteur s'occupe de réimprimer dans le format *in*-8°., qui est celui de toutes ses productions, cet ouvrage piquant & moral, qui a pris place dans toutes les Bibliothèques au-dessous de la Bruyère.

Peu de chose, 1788, *in*-8°. C'est un recueil de divers morceaux de prose & de vers, principalement sur l'art dramatique. Quoique le moment de sa publication ne fut point favorable à la littérature, cet ouvrage a cependant joui d'un grand succès.

Lettre de l'Auteur à M. Mercier, (qu'il ne rougissoit pas alors de nommer son ami,) 1788, *in*-8°. C'est un éloge historique & critique la ville de Lyon, qui prouve que l'Auteur ne la connoissoit pas alors depuis long-temps.

Lettre d'un voyageur à son ami, ou Réflexions philosophiques sur la ville de Marseille, 1792, *in*-8°. 2e. Edit. Tableau moins adulateur que le précédent, & qui ne sera peut-être pas démenti par l'expérience.

L'*Eloge de la Jalousie, par un Célibataire*, *in*-8°., 1793. Cet ouvrage, presqu'entièrement fini en 1786, paroît en même temps que celui-ci; c'est pourquoi l'on ne sauroit en porter de jugement. On dira seulement qu'il s'y trouve plus d'un ingénieux paradoxe.

On ne comprend pas dans cette liste un grand nombre de Mémoires de jurisprudence, que l'Auteur a publiés pendant les huit années qu'il a exercé à Paris, & gratuitement, la profession d'avocat. On rappellera seulement le fameux Mémoire contre M. Fariau de S. Ange, dans une cause toute littéraire. Il parut en 1786; la première édition fut vendue en cinq jours; la seconde étoit sur le point de l'être en entier, lorsqu'une lettre de cachet, lancée par un Ministre dont le nom sera long-temps célèbre dans les annales du despotisme & de la brutalité, (M. le Baron de Breteuil,) exila l'Auteur dans une abbaye au fond de la Lorraine : il y est resté vingt-cinq mois.... Il n'étoit nullement question du gouvernement dans ce Mémoire; & cet exil fut une vengeance personnelle du Ministre, auquel l'Auteur, il est vrai, n'avoit jamais pris la peine de dissimuler son profond mépris.

MOINS QUE RIEN,
SUITE
DE PEU DE CHOSE.

Ouvrage d'un genre assez neuf, & plus moral qu'on ne pense.

Par M. GRIMOD DE LA REYNIERE, ancien Avocat au Parlement de Paris, Membre des Académies de Rome & de Marseille, &c. &c, &c.

Nimirum sapere est abjectis utile nugis,
Et tempestivum pueris concedere ludum.

HORAT.

A LAUSANNE:

Et se trouve à PARIS,

Chez BELIN, BAILLY, DESENNE, & PETIT, Libraires:

A Lyon,

Chez FAUCHEUX, les Frères JACQUENOD, MAIRE & MARS:

Et dans les principales Villes chez les principaux Libraires.

M. DCC XCIII.

AVIS DES LIBRAIRES.

APRÈS avoir lu la liste des Ouvrages donnés par l'Auteur, on sera peut-être bien aise de connoître ceux dont il s'occupe.

1°. *Considérations sur l'Art Dramatique*, ouvrage en 4 vol. *in-8°.*, dont la souscription est toujours ouverte à Paris & à Lyon, chez les Libraires indiqués. Ce livre est le fruit de vingt années de méditations sur le Theâtre : l'homme du monde & l'homme de Lettres y trouveront également à s'instruire & à s'amuser ; & l'on peut dire, sans orgueil, qu'il tiendra lieu de beaucoup d'autres.

2°. *Coup d'œil philosophique sur quelques individus de la société.* C'est un ouvrage purement moral, mais dans lequel on reconnoîtra bien des masques, pour peu qu'on ait vécu à Paris. Lorsque la Satyre est utile aux mœurs, elle cesse d'être un mal. C'est un miroir dans lequel on offre le portrait du vice, pour inspirer l'amour de la vertu.

3°. *Voyage dans les Provinces méridionales de France.* Dans ce voyage l'Auteur s'est attaché à la partie philosophique, à tout ce qui peut peindre les mœurs, le caractère & le commerce des villes qu'il a parcourues. Sous ce rapport il deviendra intéressant pour les esprits qui aiment à réfléchir.

4°. *Essai sur le commerce en général, & sur quelques Commerçants en particulier.* C'est après avoir bien médité son objet sous toutes ses faces, & l'avoir considéré sous tous ses rapports, que l'Auteur a entrepris cet ouvrage. C'est la première fois peut-être qu'on aura vu traiter cette matière philosophiquement, & l'on sera étonné des aperçus qu'elle offre à tout homme qui voudra la méditer en moralite. Cet essai sera très-utile aux jeunes Négociants, dans un moment surtout où l'on croit que pour exercer cette profession il suffit d'ouvrir un magasin & de payer une patente. Enfin, les consommateurs apprendront à se défier de plus d'une espèce de fraude, & sauront peut-être gré à l'Auteur de les avoir fait jouir, à peu de frais, du résultat de ses pénibles recherches, & des fruits de sa longue expérience.

N.B. On ne peut déterminer absolument le temps où paroîtront ces quatre ouvrages : cela dépend des circonstances ; mais nous pouvons assurer que l'Auteur s'en occupe assidûment.

AVERTISSEMENT
DES ÉDITEURS.

Cet Ouvrage, annoncé depuis quelques années, n'a dû le retard de sa publication qu'aux circonstances politiques, qui ne favorisoient nullement le débit & la lecture des nouveautés littéraires.

Le Public occupé des grands intérêts de la patrie, songeoit peu à la littérature, surtout à la littérature agréable. Les décrets, les pamflets, les gazettes & les libelles avoient remplacé sur les comptoirs des Libraires, les ouvrages de poésie, de morale & de gaieté; & les Muses qui n'aiment point les débats politiques, s'étoient envolées à l'aspect des baïonnettes & des motions.

Un jour plus calme commence à renaître; l'aurore de la paix se lève sur l'horizon de la République des lettres, & toute la bande des amours effrayés revient au colombier. Déjà dégoûtés du néologisme nauséabonde introduit dans la langue françoiſe, les amateurs reviennent aux bons écrivains du ſiècle de Louis XIV & de celui-ci. Les vers long-temps proſcrits ſont reçus avec plus d'indulgence. On accueille la morale, on ſoupire après la littérature dramatique. Le règne des arts & des lettres va recommencer & reprendre un nouvel éclát.

Les circonſtances nous ont paru favorables pour publier cette brochure. C'eſt un recueil de quelques morceaux épars depuis long-temps dans le porte-feuille de l'Auteur, & dans leſquels les amateurs aimeront à retrouver le goût du bon, l'amour de l'antiquité, & des idées ſaines en morale & en philoſophie.

L'Auteur, quoiqu'encore aſſez jeune, eſt trop connu pour que nous nous appeſantiſſions ici ſur lui. Depuis ſeize ans qu'il a conſacré ſes loiſirs à la littérature, on peut dire qu'il a obtenu quelque célébrité. La France littéraire en offrant la nomenclature de ſes ouvrages, donne auſſi la liſte de ſes ſuccès; car tous ont été reçus du Public avec une indulgence atteſtée par la multiplicité des éditions.

Depuis 1789 il s'étoit abſtenu, ſinon d'écrire, au moins d'imprimer. Sollicité vivement par les deux partis d'écrire ſur la révolution, il s'eſt refuſé conſtamment à leurs inſtances. Plus inſtruit peut-être que beaucoup d'écrivains des myſtères de la politique; verſé depuis long-temps dans la connoiſſance des affaires & de l'adminiſtration; conſulté ſouvent par les hommes en place lorſqu'il habitoit Paris, il auroit pu mieux que bien d'autres donner ſon opinion & l'appuyer par des raiſonnemens fondés ſur des faits. Des motifs de prudence & de réſerve, de puiſſantes conſidérations ont fait à ſa délicateſſe un devoir du plus profond ſilence. Il a pu amaſſer dans le ſecret du cabinet des matériaux pour écrire un jour l'hiſtoire du temps préſent; mais il s'eſt impoſé la loi de ne point deſcendre dans une arêne où l'on a vu, où l'on voit encore plus de ſpadaſſins que de gladiateurs.

Le petit Ouvrage que l'on fait paroître aujourd'hui, n'a donc aucune eſpèce de rapport avec les circonſtances. C'eſt tout uniment un aſſemblage de divers opuſcules en proſe & en vers, auxquels l'Auteur n'attache pas un grand prix, quoique pluſieurs ayent été lus dans des Séances Académiques. Il a depuis long-temps annoncé qu'il n'étoit pas né Poëte, & l'on ſait qu'on ne le devient point : ſes vers ſont des vers de ſociété, enfans de la circonſtance & de l'à-propos. On y trouvera peut-être aſſez de facilité, c'eſt tout ce qu'il a voulu y mettre. Ils ne paroiſſent ici que pour repoſer l'eſprit & les yeux du Lecteur ; ainſi, l'on paſſe condamnation d'avance ſur toutes les critiques qu'on en pourroit faire.

L'Auteur attache à ſa proſe un peu plus de prétention. Quoiqu'il ſoit difficile de bien écrire hors de Paris, & que depuis ſix ans qu'il a quitté la Capitale, l'agitation continuelle d'une vie active & ſemée d'événemens romaneſques, lui ait peu permis de ſoigner ſon ſtyle, on s'apercevra cependant qu'il a bien poſſédé ſa langue, & qu'il l'écrit aſſez correctement. Il s'attache ſurtout à n'employer chaque mot que dans ſa véritable acception, à fuir toute eſpèce de néologiſme, ſoit dans les expreſſions mêmes, ſoit dans la conſtruction de ſes phraſes, & à ne faire uſage que de termes avoués par nos bons Ecrivains, les ſeuls légiſlateurs de la langue françoiſe.

Une plus longue Préface deviendroit ſans doute ridicule à la tête d'une auſſi courte Brochure. Avant de la terminer, nous devons prévenir cependant qu'en qualité d'Éditeurs nous avons imaginé de faire ſuivre chacun des morceaux de cet Ouvrage, de Notes hiſtoriques, critiques, ſatyriques même, & ſouvent aſſez piquantes. L'Auteur (continuellement en voyage & livré aux détails pénibles que néceſſite ſa profeſſion) nous ayant rendu maîtres de ſon manuſcrit, nous avons cru devoir ſervir au public cette eſpèce d'aſſaiſonnement, qui ne plaira peut-être pas à tout le monde, mais qui jettera de la variété dans ce Recueil, & pourra prévenir l'aſſoupiſſement de plus d'un lecteur.

Au reſte, comme il eſt poſſible qu'en tout

ceci nous ayons plutôt consulté les intérêts de notre amour propre, que toute autre considération, nous porterons seuls la peine de notre étourderie, & la gloire de l'Auteur ne doit pas souffrir d'un travail qui lui est étranger.

On a pu voir au revers du faux titre la nomenclature des divers ouvrages publiés jusqu'à ce jour par M. *Grimod*. Nous devons ajouter que nous savons qu'il s'occupe, en ce moment, de mettre la dernière main à son *Coup d'œil philosophique sur quelques individus de la société*, ouvrage beaucoup plus piquant que celui-ci, & qui l'eût été bien davantage encore s'il avoit paru dans le temps (1786) que l'Auteur l'a commencé. Mais il lui restera au moins le mérite de la vérité & celui des ressemblances, & dans ce siècle du mensonge & de la calomnie, ce double avantage n'est peut-être pas à dédaigner.

MOINS QUE RIEN,
SUITE
DE PEU DE CHOSE.

RÉFLEXIONS sur l'Art dramatique en général, & sur les Théâtres de Province en particulier.

L'ART dramatique penche depuis long-temps vers sa ruine ; c'est en vain que l'on chercheroit à se le dissimuler. Nous pouvons même annoncer sa destruction totale en France comme très-prochaine, & nous voyons avec douleur qu'elle y suivra de près la perte du goût, des mœurs, des arts & des bons principes en morale & en littérature.

Nous allons essayer de déterminer en peu de mots les causes de cette décadence. Il faut connoître la source d'un mal pour y pouvoir remédier, & celui-ci n'est peut-être pas incurable. Les bornes de cette dissertation nous obligeront de resserrer nos idées, & de n'offrir qu'un léger aperçu sur une matière qui demanderoit des volumes.

Le goût du Spectacle n'étoit autrefois qu'une récréation pour les gens distingués, & un plaisir pour le petit nombre d'amateurs & de gens de lettres qui formoient nos Poëtes & nos Acteurs. Il est devenu aujourd'hui le partage de toutes les classes de la société; il a dégénéré en fureur, souvent même en frénésie.

A ce public choisi, respecté pour son expérience & ses lumières, qui composoit les parterres & surtout celui de la Capitale (1), a succédé une troupe indisciplinée de gens du peuple, sans éducation, sans politesse, & dénuée de toutes les connoissances nécessaires pour goûter avec fruit & juger avec équité les productions de l'esprit & du génie.

Delà ces *bravo* tumultueux prodigués aux cris d'un Energumène qui se croit un héros. Delà ces applaudissemens aveugles donnés aux sâles bouffonneries d'un Acteur, qui ne peut plaire à cette multitude qu'en sortant des bornes prescrites par la nature, le goût & la raison. Delà ces huées indécentes, ces conspuations grossières lancées sans choix & sans discernement; si bien faites pour étouffer le talent naiſſant, & pour décourager celui qui étoit en poſſeſſion de plaire à des juges plus éclairés.

Ceux qui ont habité la Capitale ſavent que c'eſt de l'époque du changement de quartier de la Comédie Françoiſe, de ſa tranſlation du Faux-bourg St. Germain aux Tuileries en 1770, que l'on doit compter le premier terme de la décadence de l'art. L'effet n'en fut pas d'abord très-ſenſible. Des talens ſupérieurs contenoient encore ce nouveau public ; un petit nombre de bons juges modéroit encore le parterre, s'il ne le gouvernoit plus. Mais l'affluence devenant chaque jour plus conſidérable, le nombre ſuccédant au choix, la mort ou la retraite des ſujets diſtingués affoibliſſant chaque année le corps des Comédiens, on vit la recette augmenter, & les talens décroître. Cette profeſſion, où pluſieurs hommes célèbres avoient acquis de la gloire & moiſſonné des lauriers, ne fut plus qu'un métier lucratif, un moyen de plus d'aller à la fortune, ſans s'embarraſſer de la chute de l'art. La mort de le Kain rendit ſurtout cette vérité ſenſible ; ce grand homme, qu'on peut appeler le dernier des Romains, fit deſcendre avec lui dans le tombeau la Tragédie françoiſe (2).

Les Provinces, autrefois la pépinière des bons Comédiens, où le Théâtre françois trouvoit des talens ébauchés, & réparoit ses pertes ; les provinces cessèrent tout-à-coup de former des sujets. Le funeste goût de l'Opéra-comique y avoit totalement étouffé celui de l'Art dramatique par excellence. Ce misérable genre, qu'il ne faut point être connoisseur pour apprécier, ni Comédien pour jouer, s'éleva par des succès faciles, égara les esprits & corrompit le goût du public, en tarissant la source des Comédiens estimables. De grossiers Artisans sans esprit, sans éducation & sans mœurs, s'échappèrent de leurs atteliers, quittèrent des professions utiles, pour venir, à l'aide d'une voix frédonnante, chanter sur les planches une insipide ariette, gagner de forts appointemens, & enlever les suffrages d'un tas de femmelettes & d'ignorans, plus sensibles aux sons d'une haute-contre qu'à l'harmonie de tous les vers de Racine.

Dès-lors il ne se forma plus d'Acteurs. La Tragédie, la Comédie furent abandonnées à des talens subalternes & mal payés. Les succès & l'argent furent pour de frivoles chanteurs (3).

Le goût de l'Opéra-comique est donc aujourd'hui le goût général. Il a infecté jusqu'aux villes qui comme Dijon, Bordeaux & Rouen, renfermoient des parterres instruits & connus par la sévérité de leur goût : il a étouffé le germe des vrais talens, l'amour des bons ouvrages, le sentiment des beaux vers ; & la Province, autrefois en état de fournir d'excellens Acteurs au Théâtre françois, ne pourroit pas même aujourd'hui lui en présenter de médiocres.

Si quelqu'un doutoit de la vérité de ces assertions, il nous seroit malheureusement bien facile de les appuyer par des exemples, & nous ne serions embarrassés que du choix. En parcourant successivement les principaux théâtres de France, nous n'aurions que des sujets d'affliction à offrir aux vrais amis de l'Art dramatique. Qu'y trouverions-nous en effet ?

Des Directeurs beaucoup plus occupés de leurs intérêts que des plaisirs du public, lâches complaisans de quelques sujets privilégiés auxquels ils sacrifient leurs troupes, se plaignant sans cesse de l'indocilité de leurs pensionnaires, qui à leur tour les accusent d'ignorance & d'ineptie : & nous verrions que si Molière a dit avec raison que c'étoient d'étranges animaux à conduire que les comédiens, il auroit pu ajouter avec non moins de vérité, que leurs conducteurs sont souvent bien plus étranges encore : (4)

Des premiers rôles qui font consister la chaleur dans les cris, la sensibilité dans les grimaces, le raisonnement dans la lenteur, & qui semblent avoir totalement oublié l'esprit de leurs rôles, & la tradition de la bonne Comédie :

Des Rois sans dignité, des Pères nobles sans noblesse, des Paysans sans nerf, des Valets sans gaieté, des Amoureux taillés en hommes du peuple, des Raisonneurs qui ne savent pas raisonner, des Manteaux qui confondent la brutalité avec la colère, des Confidens ineptes, des Accessoires qui ne savent ni parler, ni marcher, ni entrer, ni sortir. (5)

Les femmes nous offriront un tableau plus affligeant encore. Nous y verrons des Reines plus que bourgeoises, des premières Amoureuses monotones, des Ingénuités apprêtées & minaudières, des Soubrettes qui outragent le bon sens & la vérité par des parures ridicules, des Confidentes au dessous du mauvais, & en général des sujets dont l'oreille ingrate multiplie les faux vers, sans même s'en apercevoir. (6)

Nous ne ferons aucune application de ces portraits, & nous désavouons toutes celles qu'on en

pourroit

pourroit faire ; mais qu'il nous soit permis de déplorer cette disette de talens vraiment affligeante, & qui nous ramenera bientôt aux siècles d'ignorance & de barbarie.

Comme le temps présent est l'arche du Seigneur, (pour nous servir des expressions d'un grand Écrivain) nous nous abstiendrons d'examiner si la Révolution qui vient de s'opérer en France, a été utile aux arts & aux diverses branches des sciences & des lettres ; mais il est certain qu'elle a consommé l'anéantissement de l'Art dramatique, en amenant un effrayant désordre dans le choix des pièces, une confusion funeste dans les droits des Comédiens, & une licence effrénée dans les jugemens du public.

On sent que la discussion de ces objets nous entraîneroit beaucoup plus loin que nous ne voudrions ; car en morale comme en littérature, tous les sujets s'enchaînent, & il est un point au delà du quel il faut savoir s'arrêter (7).

Après avoir développé l'une des causes prochaines de la décadence du Théâtre, nous ne pouvons en dissimuler une autre qui n'est pas la moins affligeante, puisqu'avant de former des Comédiens, il faudroit, osons le dire, *commencer par former un Public.*

Le Théâtre n'est plus aujourd'hui, & surtout

dans les grandes villes de commerce , qu'un rendez-vous d'affaires, de plaisirs ou de société. Les abonnés qui pour une modique somme ont acquis le droit d'y venir bailler tous les jours, usent de ce privilége dans toute son étendue. Leur intarissable babil empêche le véritable amateur d'entendre ce qui ne se chante pas , & ce n'est guère que pendant les ballets qu'ils observent la loi du silence. De petits freluquets indisciplinés , incapables de sentir & d'apprécier la moindre production de l'esprit , promenent de loges en loges, du parquet aux galeries leur sotte & bruyante inutilité. Les femmes, qui vont au Spectacle bien moins pour voir que pour être vues , s'occupent aussi peu des Acteurs qu'elles voudroient qu'on s'occupât d'elles. Le dernier ordre de la petite bourgeoisie relégué dans les loges supérieures , prend bien plus d'intérêt à un entrechat qu'à une tirade : & le parterre rarement plein , souvent tumultueux , & presque toujours composé de spectateurs très étrangers à l'Art dramatique , n'a ni le goût ni beau , ni le sentiment du mauvais ; il ignore également la mesure des vers , & celle des convenances théâtrales ; il juge par caprice , agit par impulsion , applaudit par écho , & se montre aussi peu connoisseur dans la manifeſtation de ſes ſuffrages, qu'injuſte dans le débordement de ſes improbations (8).

Dans cet état des choſes, les amateurs ne peuvent que gémir, & ſouhaiter le retour de l'ordre, du goût, des talens & de la décence. Le mal eſt grand, mais peut-être n'eſt-il pas ſans remèdes. Il appartient aux hommes de lettres, à qui de longues études & une expérience éclairée ont acquis le droit de prononcer ſur ces matières, de nous indiquer les moyens d'arrêter cette décadence terrible, & de ſauver le Théâtre d'une ruine totale (9). Nous ne ſaurions trop les inviter à ſe réunir pour ce grand objet, qui mérite plus qu'on ne penſe, les regards du moraliſte & l'attention du légiſlateur. Un peu plus tard peut-être il ne ſera plus temps. Le temple de la Comédie, ébranlé juſques dans ſes fondemens, s'écroulera ſans retour, & il entraînera dans ſa chûte & nos plaiſirs & notre gloire.

NOTES DES ÉDITEURS.

(1) *Celui de la Capitale.* Les amateurs ſe rappellent encore l'ancien parterre du fauxbourg St. Germain, qui a ſubſiſté juſqu'en 1770. Ils ſavent combien ce parterre étoit capable de former des Auteurs & des Comédiens. Quatre-vingts viellards, qui depuis 40 ans venoient tous les ſoirs à la Comédie, compoſoient les trois premières lignes; & l'on ſait qu'eux ſeuls donnoient à toute la ſalle la prer

mière impulsion. Ces hommes guidés par une longue expérience, éclairés par les fautes mêmes, jugeant sans trouble & sans passions, dictoient des arrêts sévères mais justes, que l'opinion publique, & la postérité qui n'en est que le résultat épuré, ont toujours confirmés. Ils épioient, avec une attention infatigable, les fautes & les progrès de l'Acteur; ils lui savoient gré de ses efforts, comme ils le punissoient de ses négligences. On n'entendoit point alors nos salles retentir de ces cris improbatifs, ou de ces vocifé-rations laudatives, également faits pour troubler ou pour décourager un Acteur, & qui ne peuvent l'éclairer ni dans la carrière des fautes, ni dans celle des succès. Un coup de sifflet unique & sec, un claquement de mains aussi court, venoit seulement avertir le Comédien, ne coupoit jamais une tirade, & n'interrompoit point le dialogue, &c. &c. L'Auteur de cet ouvrage, élevé sur les genoux de la Comédie française, & nourri de bonne heure du bon lait dramatique, a eu l'avantage d'apprendre à l'école de ces respectables vieillards comment il falloit juger la Comédie. C'est à leurs leçons, c'est à celles du Café Procope (alors si bien composé) qu'il doit son goût épuré pour le théâtre, son respect pour les bons modèles, son amour pour les grands talens, son idolâtrie pour les grands maîtres. Heureux les hommes de lettres qui ont pu recevoir de telles leçons & qui ont su en profiter! S'il existe encore aujourd'hui dans Paris quelques-uns de ces juges, ils trouveront ici cet hommage que la reconnoissance leur offre, & que la vérité ne démentira point.

(2) *La Tragédie Française.* Nous ne pouvons prononcer le nom de le Kain, sans que les larmes d'une douleur amère ne viennent étouffer notre voix. Cet acteur sublime avoit poussé l'art de la Tragédie au plus haut degré de force, de splendeur & de sensibilité. Les plus grands acteurs de l'antiquité s'anéantissent devant lui au tribunal impartial de l'homme de goût. Son ame ardente communiquoit le feu des passions, dont son cœur brûloit sans cesse, à un talent tel qu'on n'en avoit jamais vu, & que l'on n'en verra jamais. La nature qui, en lui refusant tous les moyens de plaire, de séduire & d'intéresser, avoit semblé vouloir lui fermer dès son entrée la carrière du théâtre, la nature fut vaincue chez lui par l'ardeur du génie & l'opiniâtreté du courage. Sa taille ignoble, sa figure ingrate, son organe voilé, tout disparut devant ses efforts; tout s'embellit chez lui par l'expression vraie des passions les plus ardentes. Quelle femme, en lui voyant jouer

Tancrède, Vendôme ou Mahomet, ne s'est écriée *qu'il est beau!* tant est forte l'illusion dont notre ame est complice.....

Cet éloge nous entraîneroit beaucoup trop loin, nous le réservons pour nos *Considérations sur l'Art dramatique*, où l'on trouvera sur le Kain une notice historique, dont les détails plaîront à plus d'un lecteur. Nous nous bornerons à dire ici que cet homme célèbre, victime de son amour pour son art, mourut d'une suite des efforts mêmes qu'il avoit fait pour plaire au public. Jamais il n'avoit été aussi admirable que dans le rôle de Vendôme, qu'il joua le 26 janvier 1778. Il mourut, le 8 février suivant, d'une fièvre inflammatoire. Sa mort annoncée le même jour au public qui demandoit à grands cris son bulletin, sa mort fut un deuil général. L'impression de ce moment est encore profondément gravée dans notre souvenir. De longs sanglots partirent de tous les points de la salle; il sembloit que chacun eût perdu son pére, sa fille ou son ami. Le long silence qui succéda bientôt à ces transports, peignit mieux encore peut-être toute la profondeur de l'affliction causée par sa perte. Ses obsèques célébrées avec pompe furent accompagnées par tout ce que Paris renfermoit alors d'hommes de lettres, d'artistes & d'amateurs faits pour honorer sa mémoire..... Un tombeau manque à ses cendres glorieuses; mais on cherche encore ceux de Corneille, de Molière & de Racine!

(3) *De frivoles Chanteurs.* Ces vérités abondent en preuves, il nous seroit plus que facile d'en multiplier les exemples. Il est certain que l'Opéra-comique a tué en France l'Art dramatique, & que de long-temps il ne se formera plus d'auteurs ni de sujets. Que l'on parcoure les principaux Théâtres de la Province, les Villes parlementaires & savantes, Bordeaux, Toulouse, Dijon & Rouen, jadis l'école des bons acteurs, où des parterres composés d'étudians, de légistes & d'hommes instruits, formoient à leur école & par l'exercice d'une sévérité éclairée, des talens dociles: qu'on les parcoure, & l'on n'y trouvera pas un sujet en état de réciter la comédie, peut-être pas dix jeunes gens en état de la juger. A qui est dû ce changement funeste? si ce n'est à l'amour effréné des ariettes & de la musique, goût misérable & frivole, qui a absorbé, dévoré, anéanti tous les autres. Janot, Babet, Colas, Blaise & Claudine, voilà les successeurs de Ninias, d'Abner, de Neron, d'Auguste & de Sémiramis. La Tragédie est morte; la Comédie est à son dernier soupir; mais nous avons pour nous consoler les Ritournelles & les Entrechats, les Pantomimes & les Ariettes.

Français, Français, quelle honte ! quelle dégradation pour vous ! méritez-vous encore de posséder tant de chef-d'œuvres ?

(4) *Plus étranges encore.* Les fonctions de Directeur de Comédie, pour être bien remplies, exigeroient un assemblage de connoissances & de talens, dont ceux qui les exercent ne se doutent seulement pas. Ces places sont ordinairement le partage de sujets ineptes, ou de Capitalistes ignorans, qui ne savent conduire ni leur entreprise, ni les sujets qui la composent. Tyrans subalternes, honnis même dans leur Cour, ils n'ont du commandement que la morgue, & de l'administration que la cupidité. Les sept-huitièmes des Directeurs de Province sont hors d'état de former un bon répertoire, un répertoire même utile à leurs intérêts. Gubernateurs impérieux, ou esclaves soumis, ils sont incapables de juger les sujets qu'ils payent, & d'apprécier les pièces qui les font vivre. Aussi la plupart après quelques années d'un travail ingrat, terminent-ils leurs entreprises par de honteuses faillites, qui n'arrêtent ni n'effrayent leurs successeurs. C'est ainsi que les Directeurs de Lille, de Toulouse, de Strasbourg, & de toutes les villes où la régie du spectacle n'appartient pas à une Compagnie d'Actionnaires, ont fini. On cite M. Chevillard, ancien Directeur de Rouen, comme un exemple presqu'unique d'une fortune acquise dans ces sortes de places. Mais M. Chevillard, que nous avons connu personnellement, & dont la mémoire est encore honorée dans toute la Normandie, étoit un homme sage, modeste, actif & éclairé. Il savoit se faire aimer, respecter & craindre ; il joignoit à des connoissances dramatiques très-étendues, une douceur & un sang froid inaltérables ; enfin (car il faut tout dire) il étoit venu dans le bon temps : un Chevillard même auroit de la peine aujourd'hui à se soutenir, bien loin de prospérer.

(5) *Ni sortir.* On sent que chacun de ces portraits appelle un nom, & il nous seroit d'autant plus facile de les donner, que tous ont été faits d'après des modèles qui existent encore. C'est au Public à deviner les ressemblances ; à juger si les Théâtres de Lyon, de Marseille, de Toulouse, de Nanci, de Rouen, de Nantes, de Lille, de Strasbourg & de Dijon, &c. lui offrent les originaux de toutes ces peintures. L'Auteur n'affligera point ici, sans utilité pour l'Art, l'amour propre d'Artistes estimables d'ailleurs, & dont l'existence physique & morale tient souvent à leur réputation. Ce seroit une inhumanité gratuite ; car lorsque la satyre n'a pas un but estimable, elle devient une véritable médisance, & par là

même elle eſt indigne de la plume d'un homme de lettres qui au milieu de la dépravation générale, fait encore ſe reſpecter lui-même.

(6) *S'en appercevoir.* Quel que ſoit l'extrême médiocrité des acteurs de Province, celle des actrices eſt bien plus intolérable encore. Un amateur du Théâtre a peine à retenir ſon indignation en voyant la pénurie incalculable de femmes à talens, ſurtout dans les grands emplois de la tragédie & de la haute comédie. On n'en compteroit pas ſix dans tout le Royaume dont le talent ſoit ſupportable, & peut-être pas deux qui ne révoltent par les défauts les plus choquans. Dès qu'une Actrice apporte au public un peu de figure & d'intelligence, les ſéductions de toute eſpèce l'environnent ; ſon amour-propre (& l'on ſait ce que c'eſt que l'amour-propre d'une Comédienne !) devient bientôt le complice des adulations qu'on lui prodigue ; enſorte que ſi l'amour de l'indépendance, le libertinage ou la cupidité ne l'enlèvent pas au théâtre, elle y croupit dans une affligeante & honteuſe médiocrité.

(7) *Savoir s'arrêter.* On doit ſavoir gré à l'Auteur de ſa modération ; car on ſent que pour peu qu'il eut eu d'ailleurs quelques raiſons de regretter l'ancien régime dramatique, il avoit ici une belle occaſion de s'étendre ſur les inconvéniens du nouveau. Lorſque les temps ſeront arrivés où la liberté ayant pris une aſſiette ſolide, on ne courra plus aucun danger en manifeſtant ſon opinion, nous pourrons revenir ſur cette matière, & la traiter avec une étendue qui ne ſera peut-être pas inutile, ni indifférente aux progrès de l'Art. En attendant, bornons-nous à gémir, & à faire des vœux pour voir notre nation honorer les chef-d'œuvres qui l'ont miſe au premier rang, en prenant les moyens capables de rendre aux repréſentations dramatiques toute leur ſplendeur & toute leur dignité.

(8) *De ſes improbations.* Lorſque ce Diſcours fut lu par l'Auteur à l'Académie de Marſeille, ce paragraphe fit la plus vive ſenſation, par la vérité des portraits qu'il renferme. Ce tableau eſt vraiment tracé d'après nature. Il ſuffit d'avoir aſſiſté une fois au Spectacle à Marſeille, Bordeaux & Lyon, pour juger de la reſſemblance de cette peinture. Ce qui occupe le moins les ſpectateurs, c'eſt préciſément le ſpectacle. A moins qu'une pièce nouvelle ou un Acteur de la Capitale ne vienne commander à leur attention, ils font de la Salle de Comédie une Bourſe, une vraie place publique. Les affaires s'y traitent auſſi haut que dans la rue : & comme en Province on ne ſait point parler bas, la voix glapiſſante de ces

importuns babillards couvre souvent celle de l'Acteur. Qu'on juge combien ce charivari doit plaîre au modeste habitant du parterre, qui retiré dans un coin, & tout occupé de la pièce qu'il a payé pour entendre, peut à peine en saisir à la dérobée quelques mots ! Il a beau s'épuiser en chut, chut, imaginer tous les moyens possibles d'obtenir du silence, ses efforts sont inutiles, & il sort du Spectacle sans avoir entendu une scène. Lorsqu'une Police exacte & vigilante présidoit encore à nos jeux, qu'une garde attentive & nombreuse circonvalloit encore les parterres, cet inconvénient n'existoit pas. On envoyoit pérorer dehors l'être importun plus pressé de parler que jaloux d'entendre ; & les spectateurs tranquilles jouissoient au moins pour leur argent du plaisir qu'ils étoient venus chercher. Aujourd'hui c'est toute autre chose ; l'aspect des baïonnettes ne contraignant plus les bavards, tous donnent un libre essor à leurs langues ci-devant captives, & nous voyons chaque jour ce qu'il résulte de ce beau tapage. Hélas ! lorsque regrettant la paisible garde de la Comédie Françaisé au fauxbourg St. Germain, l'Auteur s'écrioit (dans le Journal de Neuchâtel du mois de janvier 1781) que la Police étoit alors d'autant mieux faite que le parterre l'exerçoit lui-même ; il étoit loin de prévoir qu'un jour ce parterre rendu à une liberté plus illimitée encore, auroit plus besoin que jamais de modérateurs.

(9) *D'une ruine totale.* Parmi ce petit nombre d'Ecrivains dramatiques que l'Auteur a voulu désigner ici, nous ne craignons pas de placer M. *Palissot* & M. *de Cailhava*, bien faits pour s'opposer au torrent du mauvais goût, & sauver le Théâtre de sa décadence. Ce dernier (auquel l'amitié le lie depuis 15 ans) a publié sur les Causes de cette décadence même, un Ouvrage qui prouve que personne ne seroit plus que lui en état de l'arrêter. Nourri de la lecture de Plaute & de Térence, l'esprit imprégné en quelque sorte du véritable sel comique (*salis comica*) l'Auteur du *Tuteur dupé*, des *Ménechmes grecs* & de *l'Egoïsme*, est fait pour nous ramener au véritable genre, dont on s'éloigne chaque jour ; pour rappeler les Spectateurs aux bons principes, & les Comédiens à la vraie tradition de leur art. Faisons des vœux pour que M. de Cailhava, livré sans réserve au Théâtre, s'occupe exclusivement de nos plaisirs & de sa gloire ; l'un & l'autre sont liés inséparablement, & dans la carrière qu'il parcourt, il doit savoir que les succès véritables ne sont la récompense que des efforts pénibles & multipliés.

ÉPITRE

A M. Vasselier, de l'Académie de Lyon, &c. (10).

Du Dieu des vers, & du Dieu des raisins
Aimable & séduisant apôtre ;
Moi, qui ne suis connu ni de l'un ni de l'autre,
J'ose pourtant vous offrir mes refrains.
J'ai besoin de votre indulgence
Sans titres pour la mériter.
De la cour de Votre Excellence,
Tout semble devoir m'écarter.
Pourrez-vous aimer la louange
D'un insipide buveur d'eau ?
Et n'est-ce pas sur un tonneau,
Qu'il faut chanter l'ami du Dieu de la vendange

Ce Dieu lui seul inspire les bons vers ;
Apollon sans Bacchus ne peut faire un Poëte :
Et malheur à celui dont la verve indiscrète
Dédaigneroit ces pampres toujours verts,
Qui, mêlés aux lauriers, entourent votre tête,
La préservent de la tempête,
Et de la rigueur des hivers.

Votre muſe aimable & légère
Sait moduler ſur plus d'un ton (11);
Et le bien-aimé de Voltaire,
Eſt encor celui d'Apollon.

Soit que dans une Epithalame
Vos vers célèbrent deux époux :
Soit qu'à l'aide d'une Epigramme
Vous exhaliez votre courroux :
Soit que d'une chanſon bacchique
Vous faſſiez retentir un aimable feſtin :
Soit qu'enfin d'un conte érotique (12)
Vous égayiez un ſouper clandeſtin;
Toujours vous avez l'art d'amuſer & de plaire;
Digne ornement de la ſociété,
On trouve en vous l'ami de la gaieté
Et l'amant heureux de Glycère......

Pardon, ſi d'un vers indiſcret
Dévoilant ici ce myſtère,
Ma muſe révèle un ſecret
Dont je ne fus jamais dépoſitaire.
Vous eſpériez en vain le dérober toujours;
Du bon goût vous montrez les traces,
Et nous ſavons que le Dieu des Amours,
N'a rien à refuſer aux favoris des Graces.

J'oſe ajouter à ma témérité ;
Car non content de vous écrire,
Je vous condamne encore à lire
Un long morceau pour un autre dicté (13).
Sur cette proſaïque Epître,
Votre indulgence aura ſujet de s'exercer,
Et pourra très-bien ſe laſſer
Avant de finir le chapitre.

Mais de cette importunité,
Ne vous en prenez qu'à vous-même :
N'en accuſez que le plaiſir extrême,
Que j'éprouvai (ſans l'avoir mérité)
D'avoir un jour obtenu le ſuffrage
Dont vous daignâtes honorer
Une autre Epître au même perſonnage,
Qu'à mon inſçu l'on oſa vous montrer.
Cette bonté vous deviendra funeſte,
Si l'arrêt n'eſt par vous bientôt déſavoué,
Car à l'Auteur que vous avez loué,
Il ne ſied plus d'être modeſte.

NOTES DES ÉDITEURS.

(10) M. Vaſſelier, de l'Académie de Lyon & de beaucoup d'autres, joint à un talent très-agréable pour la poéſie légère, un des caractères les plus faits pour plaire dans la ſociété. Ceux qui le connoiſſent perſonnellement ſavent combien il eſt aimable &

gai, & doué de cet esprit indulgent qui n'humilie point l'amour propre des autres. On est forcé de lui pardonner sa supériorité, & de l'aimer en l'admirant. On n'en diroit pas autant, à beaucoup près, de tous les Poëtes.

(11) M. de Voltaire qui se connoissoit en mérite & en amis faisoit le plus grand cas de M. Vassèlier, & l'a honoré jusqu'à sa mort d'une amitié qui ne s'est jamais démentie. On peut voir, dans la correspondance de cet homme célèbre, une foule de lettres à M. Vassèlier, qui toutes attestent ses sentimens pour lui. M. Tabareau, ancien Directeur des Postes de Lyon, homme rare pour les qualités du cœur & de l'esprit, & l'intime ami de M. Vassèlier, partageoit avec lui l'affection de M. de Voltaire, avec lequel il étoit aussi en correspondance réglée.

(12) Le principal talent de M. Vassèlier, & le genre dans lequel il s'est le plus exercé, ce sont les Contes : ses amis (car il s'est constamment refusé à les publier) en connoissent de lui plusieurs, qui pour la gaieté du sujet, la grace de la diction & les agrémens du style, pourroient aller de pair avec ceux de la Fontaine. Comme le fonds de ces contes est en général assez libre, il a su les gazer avec beaucoup d'adresse, & faire aimer le voile plus encore que la nudité. On sait que dans ce genre on peut tout dire, lorsqu'on dit bien : il s'agit seulement de ne pas appeler tout le monde par son nom. Les gens de goût devroient faire une insurrection (pendant qu'elles sont encore à la mode) pour obliger M. Vassèlier à donner au public le Recueil de ses Contes. Il a de quoi en faire un volume d'une certaine étendue, & qui ne pourroit manquer d'être très-recherché.

(13) Il s'agit ici d'une Epître de l'Auteur à M. Martin de Choisy. On la trouvera peut-être dans ce recueil. M. Grimod l'avoit envoyée de Cette, où elle fut composée, à M. Tabareau, bon juge en littérature. M. Tabareau la fit voir à M. Vassèlier qui voulut en avoir une copie. L'année suivante, M. Grimod ayant adressé une nouvelle Epitre au même Poëte, crut devoir en faire également hommage à M. Vassèlier ; il l'accompagna des vers que l'on vient de lire, & qui ont été composés à cette occasion. C'est bien moins l'amour-propre, que le désir qu'avoit l'Auteur de consacrer publiquement ses sentimens pour M. Vassèlier, qui leur a fait donner place dans ce Recueil.

IDÉES SUR VOLTAIRE,

CONSIDÉRÉ *seulement comme Écrivain Dramatique.*

Le beau siècle de Louis XIV venoit de finir; Corneille, Racine, Bossuet, Despréaux, la Fontaine & Fénelon, cette foule d'hommes de génie que la nature épuisée sembloit, par un effort prodigieux, avoit fait naître en même-temps pour illustrer ce règne, étoient disparus de dessus la terre, & nous étions rentrés dans le néant de la médiocrité, lorsqu'Œdipe annonça à la France étonnée que ces grands hommes avoient un successeur.

Melpomène endormie depuis Rhadamiste, sembla se reveiller à la voix du jeune Voltaire: elle sourit au Poëte imberbe, dont le premier ouvrage étoit un chef-d'œuvre.

L'Envie qui ne dort jamais, sortit en même temps de son répaire, & depuis lors elle ne cessa de poursuivre ce grand Ecrivain, & de lui vendre bien cher & ses succès & ses triomphes.

Le public qui voyoit un jeune homme inconnu fixer tous les regards par une œuvre de génie, lui prodigua les plus vifs encouragemens. Il crut voir renaître le ſiècle qui venoit d'expirer, & l'on doit dire que Voltaire ſoutint & juſtifia pendant long-temps cet eſpoir.

Corneille, Racine & Crébillon (dans ſon Rhadamiſte ſeulement) ſembloient avoir épuiſé toutes les routes du cœur humain. On ne connoiſſoit encore que l'admiration, la ſenſibilité & la terreur comme reſſorts de la Tragédie.

Voltaire ſentit qu'il lutteroit difficilement avec ces grands maîtres. Il chercha des routes nouvelles, ou plutôt il eſſaya de tirer un nouveau parti de celles déjà connues, en mêlant avec art ces trois mobiles de toute illuſion théâtrale.

Moins ſublime que Corneille, moins touchant que Racine, moins terrible que Crébillon, il fut l'inventeur d'un genre mixte, qui nous donna des ſenſations nouvelles, & multiplia nos plaiſirs.

Brutus, dont le premier acte eſt ſi beau, le place immédiatement au-deſſous de Corneille, pour la force des ſentimens, & le nerf des caractères.

Si Zaïre étoit mieux conduite & moins romaneſque, Racine ne l'eût peut-être pas déſavouée. Cet Ouvrage, quoique bien inférieur à Phèdre, à Andromaque, à Iphigénie, annonce cependant une grande connoiſſance du cœur humain, & fera long-temps verſer des pleurs aux ames ſenſibles.

Le quatrième acte de Mahomet égale tout ce que Crébillon nous offre de plus terrible. Mais le cinquième n'eſt plus qu'un échafaudage pénible, qui annonce l'épuiſement du poëte & du ſujet, & qui malgré l'imprécation emphatique de Palmire (morçeau trop viſiblement imité des Horaces) renvoie le ſpectateur froid & tranquille.

Quelquefois Voltaire a voulu dans un même ouvrage allier tous les genres ; faire marcher de front la terreur, la ſenſibilité, l'admiration, & juſques au merveilleux. Sémiramis en eſt une preuve. Cette pièce dont la marche eſt impoſante, le ſtyle ſoutenu, l'intrigue forte, les caractères bien deſſinés, plaira toujours à l'aide de la magie théâtrale. Elle en impoſe même à la lecture ; c'eſt la Tragédie de Voltaire qui ſe ſoutiendra le plus long-temps ſur la ſcène, quoique ce ne ſoit pas la meilleure.

Mérope ſans le ſecours de l'amour, offre un grand intérêt ; mais cet intérêt ne pouvoit fournir cinq actes. Après la reconnoiſſance on ceſſe de trembler pour Egiſthe, le dènouement eſt trop prévu (14).

Qu'il y a loin de Mérope à Athalie, & cependant Joas n'eſt qu'un enfant ?

C'eſt à un Auteur Italien, au Marquis de Maffëï, que Voltaire dut le ſujet de Mérope. Mais c'eſt créer que de dérober ainſi.

Alzire eſt loin des pièces que nous venons d'eſquiſſer ; elle eſt vuide d'action, & remplie de morceaux déclamatoires, mais le cinquième acte eſt d'un ſublime qui fait tout pardonner.

Adélaïde du Gueſclin, plaira long-temps aux véritables Juges par la ſimplicité de l'action & la vérité des caractères. Celui de Vendôme eſt vraiment tragique, parce qu'il eſt vraiment paſſionné. Mais l'intérêt manque au ſujet, & le dénoûment eſt une machine. Ce n'eſt point au décorateur que Racine confioit le ſoin de dénouer ſes tragédies.

L'Orphelin de la Chine, quoique bien écrit, & offrant deux beaux caractères, déplaira toujours par une ennuyeuſe monotonie de ſituation. Aucun événement, nulle variété. Depuis le premier acte juſqu'au dernier l'action ne fait pas un ſeul pas, & la pièce ne finit que parce que le rideau tombe.

Tancrède eſt moins une tragédie, qu'une parade militaire. Situation forcée, ſujet invraiſemblable, intrigue qui feroit dénoueé par un ſeul mot que le ſpectateur attend toujours ; ſtyle fatiguant par la dispoſition du rithme, qui ne convient nullement au théâtre, &c. Cette pièce ne ſe ſoutient que par le jeu des Acteurs & la pompe de la repréſentation. Depuis la mort de le Kain ſon ſuccès a même bien dégénéré.

La Mort de Céſar, Rome ſauvée, Oreſte, préſentent ſans doute de grandes beautés; mais ces pièces d'un genre ſévère n'ont jamais obtenu qu'un ſuccès d'eſtime. La première eſt cependant l'une des plus fortement écrites qui ſoit ſortie de la plume de Voltaire; elle annonce un caractère républicain, qui n'étoit cependant pas celui du Poëte.

Nous ne parlons ni de Zulime, ni des Scythes, ni d'Olympie, ni d'Agathocle &c. Toutes ces pièces très-ſupérieures aux ouvrages de la vieilleſſe de Corneille, & qui feroient la réputation d'un autre écrivain, affoibliſſent celle de Voltaire.

Irène eſt plus connue, parce qu'elle tient en quelque ſorte à l'hiſtoire de cet homme célèbre. On n'oubliera jamais qu'à 84 ans il revint dans ſa patrie pour faire jouer un ouvrage, très-ſupérieur à la plupart de nos tragédies modernes. Nos derniers neveux ſauront que le 30 mars 1778, Voltaire aſſiſtant à l'une des repréſentations d'Irène fût couronné par les Comédiens, & que le

Public sanctionna ce triomphe par un enthousiasme extatique & universel. Nous fumes assez heureux pour assister à cette fête, & pour en partager l'ivresse. Un pareil jour fit oublier à Voltaire 60 ans de persécution. (15)

Voltaire jaloux d'écrire dans tous les genres, non content d'avoir si bien manié le sceptre de Melpomène, voulut encore se jouer du masque de Thalie. Mais cette muse ne daigna jamais lui sourire. Il eût beau lui faire une cour assidue, il échoua constamment auprès d'elle, & n'en put obtenir de véritables faveurs.

L'Enfant Prodigue, (16) le Droit du Seigneur, la Comtesse de Givry, la Femme qui a raison, &c. attesteront à jamais l'impuissance comique de Voltaire. Nulle gaieté dans ces ouvrages, un froid mortel dans la conduite, un vuide d'action qui se fait sentir à chaque scène, des caractères hors de la nature, des efforts continuels qui ne produisent rien &c., tout cela ne peut être excusé par un style souvent brillant, toujours facile, mais qui n'est pas celui de la Comédie.

Nanine est sans doute une pièce charmante, mais ce n'est point une comédie, & les vrais juges du théâtre savent bien pourquoi. Les caractères, au reste, ne manquent point de naturel, ils sont bien soutenus, l'intrigue marche, & le style élégant & rapide présente des détails infiniment agréables. Le public verra long-temps cet ouvrage avec plaisir, mais il y a loin de Nanine à l'Ecole des maris, & même au Mariage fait & rompu.

De toutes les Comédies de Voltaire, celle où il y a peut-être le plus de sel vraiment comique, & de situations théâtrales, c'est la plus ignorée: l'Indiscret. Qu'on relise avec attention cette bagatelle, & l'on verra que c'est encore ce qu'il a fait de mieux dans ce genre.

Nous sommes loin de chercher à affoiblir le mérite de Voltaire, mais en sortant de la représentation de ses chef-d'œuvres, nous n'éprouvons ni cette surabondance de sentiment, ni cette plénitude d'idées qui s'empare de nous à la sortie de Phèdre, de Cinna, de Rodogune, ou d'Athalie. Il nous laisse le cœur froid & la tête vuide.

Il n'entre pas dans notre plan d'apprécier les genres de mérite de Voltaire étrangers au théâtre. Il résulte de ce que nous venons de dire, & malgré la sévérité de nos remarques, que ce Poëte célèbre sera placé dans le premier rang de nos grands Ecrivains; que ses ouvrages respirent la tolérance, l'amour de l'humanité &

la haine de la tyrannie ; & qu'il étoit nourri de cet amour & de ce respect poûr les grands maîtres sans lequel on ne sauroit produire de grandes choses.

La Nation, en se chargeant des funérailles (17) de ce grand homme, a plus fait pour lui que pour Corneille & Racine, dont les tombeaux sont ignorés ou détruits. Mais quel mausolée vaut Athalie & les Horaces ! Vivre dans tous les cœurs sensibles, c'est un plus beau triomphe que d'être enterré aux frais de l'Etat, fût-ce même dans la superbe Basilique de Ste. Geneviève.

NOTES DES ÉDITEURS.

(14) LE *dénouement est trop prévu.* C'est à la première représentation de Mérope que s'introduisit l'usage d'appeler à grands cris l'Auteur. M. de Voltaire, qui étoit dans la loge de la Maréchale de Villars, fut forcé de se montrer au parterre, qui obligea la Duchesse de Villars de l'embrasser. Cet hommage rendu au génie, & qu'on a tant prostitué depuis, fut en ce moment le fruit de l'enthousiasme porté au plus haut degré d'exaltation. Il paroît que le jeu sublime des acteurs & sur-tout de Mérope y avoit beaucoup contribué, ce qui fit dire, lorsque l'ouvrage parut, que *les représentations de Mérope avoient fait beaucoup d'honneur à M. de Voltaire, & l'impression à Mlle. Dumesnil* : mot d'une grande finesse, que l'on s'accorde à attribuer à Fontenelle, & qui est en effet très-digne de lui. On vit aussi à cette pièce une Actrice courir pour la première fois sur le théâtre. Mlle. Dumesnil ne crut pas qu'une mère qui voloit au secours de son fils, pour l'arracher au trépas, dût mesurer gravement sa marche. Cet exemple a été suivi depuis, & l'on peut même dire qu'on en a abusé.

(15) *60 ans de persécutions.* Le couronnement de Voltaire à la Comédie française offrit un spectacle tel qu'il ne s'en est jamais vu, & qu'il ne s'en verra probablement jamais. L'ivresse fut générale, & ses ennemis mêmes entraînés par le torrent furent contraints de la partager. L'Auteur étoit au milieu du parterre, entouré de gens qui certainement n'aimoient point M. de Voltaire, & qui non-seulement n'osèrent pas le manifester par le plus léger signe d'improbation, mais qui électrisés en quelque sorte par la commotion générale, se joignirent de bonne foi à ses admirateurs. Ce triomphe fut menagé par les Comédiens avec beaucoup d'adresse. On ne songeoit à rien; tous les yeux étoient fixés sur la loge qui récéloit Voltaire, & l'on ne pouvoit se lasser de le considérer, lorsque le rideau qui venoit de se baisser à la fin de la tragédie, se releva tout à coup, & laissa voir le buste de ce grand homme entouré de tous les Comédiens armés de couronnes. Madame Vestris prononça, ou plutôt lut des Vers que M. le Marquis de S. Marc venoit de composer, & qui sans être excellens, sont cependant demeurés dans la mémoire de tous les gens qui s'occupent de littérature : ce qui a fait dire que c'étoit le meilleur impromptu qu'on eût jamais fait. Le Public s'unit par des applaudissemens qui tenoient de la fureur à l'hommage des Comédiens, & l'on peut dire que Voltaire fut vraiment couronné par lui. Cet événement qui date de près de quinze années, fit une telle impression sur M. Grimod, qu'il est plus présent à sa pensée que des faits très-récens. Il rédigeoit alors avec M. de Charnois le Journal des Théâtres. Le spectacle à peine fini, ils coururent se renfermer ensemble, unir leurs enthousiasmes, & profiter de ce premier feu, pour tracer une relation animée de ce triomphe. L'Auteur a depuis lors assisté à bien des fêtes; il a vu sans doute bien des choses extraordinaires, mais rien n'a pu balancer dans son imagination les sensations de la soirée du 30 mars 1778.

(16) *L'Enfant prodigue.* Mlle. Quinault, (dont le nom vivra éternellement dans la mémoire des vrais amateurs de la Comédie, & dans le cœur de tous ceux qui l'ont connue,) avoit été voir à la foire St. Germain de 1736 une farce de l'Enfant prodigue, dont elle fut frappée. Elle en parla devant M. de Voltaire, dit que ce sujet entre des mains habiles pourroit produire un bon Ouvrage, & annonça qu'elle engageroit Destouches à y travailler. M. de Voltaire écoute attentivement, ne répond rien & sort. Le lendemain de bonne heure, il étoit chez Mademoiselle Quinault. Avez-vous, lui dit-il en entrant, parlé de l'Enfant prodigue à Destouches?

Mademoiselle Quinault répond, qu'elle ne l'avoit seulement pas vu. En ce cas, reprend Voltaire, ne lui parlez de rien, je vous apporte le plan d'une Comédie sur ce sujet ; & aussitôt il se met à lire celui que nous connoissons. Mademoiselle Quinault fort étonnée, adopte cet Ouvrage qui fut bientôt mis en vers. Voltaire garda l'incognito le plus sévère. La pièce, pour dérouter la cabale, fut jouée à l'improviste, sous une autre annonce ; & grâce à l'intérêt du sujet & au zèle des Comédiens, elle obtint un grand succès.

(17) *Des funérailles*. M. de Voltaire mourut à Paris dans la nuit du 30 au 31 mai 1778, deux mois après son triomphe. Il s'étoit confessé, avoit signé une déclaration de Catholicité très-authentique ; & comme il avoit toujours rempli les devoirs extérieurs de la Religion, on devoit l'enterrer sans difficulté. Le Clergé même par cette modération se seroit fait honneur, & eût fort embarrassé les Philosophes. L'Archevêque de Paris, Christophe de Beaumont, & le Curé de St. Sulpice, Faydit de Tersac, hommes d'un esprit ardent & très-fanatiques, prirent une route opposée. Ils refusèrent d'enterrer M. de Voltaire ; & comme le Parlement n'avoit guère plus à s'en louer que le Clergé, l'on ne voulut pas essayer de recourir à son autorité pour les y contraindre L'Auteur d'Irène fut donc emmené en poste à l'Abbaye de Scellières, dont l'Abbé Mignot, son neveu, étoit Abbé, & il y fut inhumé sans difficulté. L'Evêque de Troyes jeta les hauts cris, mais trop tard ; cela ne lui valut qu'une lettre du Prieur de Scellières, qui est vraiment un chef-d'œuvre de logique, d'adresse & de persifflage. Le Gouvernement eut l'air de ne point se mêler de tout ceci. Il se contenta de défendre à tous les Journaux d'annoncer la mort de Voltaire, & aux Comédiens de jouer ses pièces ; défense qui subsista jusqu'à ce que le Public parut s'occuper d'autre chose. Treize années après, l'Eglise de Ste. Geneviève ayant été consacrée à la sépulture des grands hommes, & le Clergé n'ayant plus aucun pouvoir, on imagina de ramener le corps de M. de Voltaire à Paris, & de l'inhumer dans ce temple. Tout cela s'est exécuté le 11 juillet 1791, avec une pompe d'un ridicule rare. Ce fut une mascarade digne du seizième siècle, & dont la relation attestera à la postérité l'insigne folie de ceux qui ont présidé à cette fête. Le Clergé, en voyant toutes ces extravagances, a dû se trouver vengé de l'affront qu'on cherchoit à lui faire. La fameuse procession de l'Ane, la fête des Fous &c. n'ont jamais rien offert de si bizarre, ni de plus sottement ridicule. Cette Apothéose doit consoler les cendres de Corneille & de Racine, de l'oubli où elles sont. Elles seroient indignées sans doute d'un semblable triomphe.

MON ABJURATION.

STANCES.

De l'amour j'ai brisé les armes,
Ainsi que je l'avois promis ;
Mais loin d'en répandre des larmes,
J'en plaisante avec mes amis.

Dans le sein de l'indifférence
J'ai su retrouver ma gaieté,
Et vois aujourd'hui que l'absence, (18)
Est très-bonne pour la santé.

Plus de soucis, d'inquiètude,
Ni de transports ni de soupirs :
L'amitié, la table & l'étude ;
Sont devenus mes seuls plaisirs.

Des vains caprices d'un amante, (19)
Je n'essuierai plus les refus ;
Je ne vivrai plus dans l'attente
Du fruit de mes soins superflus.

De vrais amis, un doux azile,
Des soupers fins & délicats ; (20)
Voilà, pour mon ame tranquille,
Qui vaut bien mieux que des *Hélas.*

Trop séduisante enchanteresse
Qui maîtrisâtes ma raison,
Pour vous je n'ai plus de tendresse,
Je ne crains plus votre poison.

Vous avez perdu votre empire,
Même en dédaignant d'en user ;
Car dans le pays du délire
Ne point user, c'est abuser. (21)

NOTES DES EDITEURS.

(18) *Et vois aujourd'hui que l'absence.* Tous les Moralistes conviennent que l'absence est le véritable & le seul remède de l'amour. C'est un Dieu qu'on ne peut vaincre qu'en le fuyant. Nous croyons cependant que cette proposition, qui est vraie lorsqu'il s'agit d'un amour ordinaire, fondé seulement sur le désir, cesse de l'être s'il est question d'un véritable amour, d'un amour surnaturel, tel par exemple, que celui qui unissoit S. Preux & Julie d'Etanges, Pétrarque & Laure, Abeïlard & Héloïse, &c. L'absence alors ne fait que retracer plus vivement à l'imagination toutes les perfections de l'objet aimé. Nous oublions les défauts qu'un commerce plus rapproché nous eût peut-être laissé appercevoir ; & sous ce rapport l'absence est plutôt le soufflet que l'éteignoir de l'amour.

(19) *Des vains caprices d'un amante.* Les jolies femmes croient relever leurs attraits par le caprice, & se rendre très-piquantes par cette mobilité de caractère, cette inconstance de volontés, qui fait qu'on ne sait jamais sur quoi compter avec elles. Si elles prenoient la peine de réfléchir, elles verroient combien ce défaut est insupportable, non-seulement pour un homme sensé, mais même pour un homme sensible. Cela peut plaire pendant quelques jours à de jeunes extravagans, mais ils ne tardent pas à s'en lasser, parce que rien n'est plus voisin du caprice que l'inconstance, & que du

dégoût des choses on passe facilement à celui des personnes. Une capricieuse est donc beaucoup plus près qu'elle ne le croit de devenir une catin.

(20) *Des soupers fins & délicats.* L'Auteur qui se propose de publier quelque jour un Eloge de la Gourmandise, dans lequel il donnera une topographie-manducatoire de la France, a toujours regardé les plaisirs que procure la bonne chère, comme les premiers plaisirs de l'esprit & des sens. On conviendra d'abord que c'est la jouissance qu'on goûte le plutôt & qu'on peut multiplier le plus souvent. Qui pourroit en dire autant des autres? Est-il une femme, tant jolie qu'on la suppose, qui puisse valoir ces admirables perdrix rouges du Languedoc & des Cevennes? ces pâtés de foies d'oyes ou de canards, qui illustreront à jamais les villes de Toulouse, d'Auch & de Strasbourg? ces langues fourrées de Troyes, ces mortadelles de Lyon, ce fromage d'Italie, de Paris, ces saucissons d'Arles, qui rendent la personne du cochon si estimable & si précieuse? Peut-on mettre un petit minois bien grimacier & bien fardé, à côté de ces admirables moutons de Ganges & des Ardennes qui fondent sous la dent? de ces délectables veaux de Rivierre, de Pontoise & de Rouen, dont la blancheur & la tendreté feroient honte aux Grâces elles-mêmes? Qui osera préférer une beauté maigre & chétive à ces alloyaux énormes & succulens, qui inondent celui qui les dépèce, & qui ravissent ceux qui les mangent? C'est dans leurs vastes flancs qu'on trouve tous les principes de la vie, & la source des vraies sensations. Quelle comparaison peut-on faire entre une figure piquante & chiffonnée, & ces poulardes de Bresse, ces chapons du Mans, ces cocqs-vierges du pays de Caux, dont la finesse, l'embonpoint & la beauté exaltent plus d'un sens, & délectent les houppes nerveuses d'un palais délicat? Et encore, nous ne parlons ni des pâtés de mauviettes de Pithiviers, ni de ceux de canards d'Amiens, ni des bec-figues de Metz, ni des langues fumées de Constantinople, ni du bœuf d'Hambourg, ni du cabilleau d'Ostende, ni des huîtres de Marrêne, ni du beurre de la Prévalaye, &c. &c. Nous passons sous silence les gelées de pomme de Rouen, les pruneaux de Tours, les rousselets de Rheims, les mirabelles de Metz, les groseilles de Bar, le cotignac d'Orléans, les figues d'Olioules, les prunes d'Agen, les raisins-muscats de Pezenas, les confitures sèches de Beziers, & les pâtes d'abricots de Clermont, qu'il faudroit cependant compter pour quelque chose. Nous ne faisons

pas même mention de l'anisette de Bordeaux, de l'eau de noyaux de Phalsbourg, de l'huile d'anis & de kirchwaser de Verdun, de l'huile de jasmin de Marseille, de la crême de Moka de Montpellier, de l'huile de rose de Cette, de l'eau de la Côte, du ratafia de Grenoble, &c. &c. Que de choses délicieuses! Et qui osera mettre en opposition avec elles les caprices d'une femme, ses humeurs, ses bouderies, ses grimaces, ses refus, & même ses faveurs? Qu'on se figure tous ces comestibles préparés par des cuisiniers d'évêques, servis par des sommeliers d'Allemagne, & torréfiés par des rôtisseurs de Valogne! Et encore nous n'avons pas épuisé la dixième partie de notre dictionnaire.

Convenons donc, car cette note pourroit devenir un volume, que les jouissances que la bonne chère procure à un véritable gourmet, doivent être mises au premier rang; qu'elles n'amènent ni langueurs, ni dégoût, ni craintes, ni remords; que loin d'épuiser le tempérament & le cerveau, elles sont la source d'une santé ferme, & des idées les plus brillantes; & que loin de préparer des regrets, & d'enfanter la mélancolie, on leur doit au contraire des plaisirs toujours nouveaux, assaisonnés d'une gaieté inaltérable,

(21) *Ne point user, c'est abuser.* Cette maxime ne semblera peut-être pas extrêmement délicate; mais si l'on veut réfléchir, on s'apercevra qu'elle est fondée sur la vérité, & sur une observation constante de la nature. Il est certain que les faveurs sont le moyen le plus sûr qu'une femme puisse employer pour fixer les hommes raisonnables. Il s'agit seulement de les ménager assez bien, pour qu'il reste toujours quelque chose à accorder, & que la satiété n'étouffe pas le désir: c'est ce que la plupart des femmes de Paris entendent à mervellle; mais les neuf-dixièmes de celles de Province ignorent ces nuances délicates, qui forment l'échelle de la galanterie. Prudes ou catins, voilà pour les trois quarts, & les autres, belles sans art, & même sans propreté, méritent bien peu qu'on s'occupe d'elles. Celle contre qui ces stances furent faites, avoit trouvé moyen d'éloigner d'elle par son caractère & son peu d'esprit, ceux que ses agrémens extérieurs avoient pu séduire un instant. Les femmes ne sauroient trop se rappeler qu'il ne suffit pas d'être jolie pour plaire. Sans la ceinture de Grâces, Vénus n'eût pu séduire le Berger du Mont Ida.

HISTOIRE VÉRITABLE
DE
MOUSSELINE LA SÉRIEUSE:

FRAGMENT, traduit de la Langue Perſanne.

POUR n'avoir rien de ce merveilleux qui ſemble devoir caractériſer tout ce qui ſort des régions orientales, le morceau qu'on va lire n'en eſt pas moins extraordinaire. C'eſt un chapitre de plus à ajouter à la connoiſſance du cœur humain, pays dans lequel il reſte encore beaucoup de découvertes à faire. L'hiſtoire eſt une ſource féconde dans laquelle les gens de lettres, les artiſtes & les philoſophes puiſent depuis cinquante ſiècles ſans avoir pu la tarir. C'eſt une mer qui s'enrichit chaque jour des débris du temps & de la vérité : & quoique l'adage qui nous apprend que les fautes des pères ſont perdues pour leurs enfans ſe vérifie ſans ceſſe, malheur cependant à ceux qui liſant l'hiſtoire ſans critique & ſans fruit, n'y trouvent ni des leçons, ni des véhicules, ni des exemples.

De toutes les histoires du monde, l'une des plus fertiles en événemens & en révolutions c'est celle de Perse. Nous entreprendrons quelque jour peut-être d'en écrire les traits les plus frappans, au risque de passer pour des auteurs de romans. Nous nous bornerons aujourd'hui à parler de Mousseline la sérieuse, personne célèbre dans l'univers, moins encore par l'éclat de ses aventures, que par la singularité de son excellent caractère.

Elle naquit auprès d'Ispahan, vers une époque qui répond à la fin du dix-huitième siècle de l'Ere chrétienne, de parens illustres & qui remplissoient une place éminente dans la magistrature d'une des principales villes de l'empire. Sa naissance fut un événement heureux pour sa famille, qui s'occupa de lui faire donner une éducation capable de développer les dispositions heureuses qu'elle avoit reçues de la nature. Nous laissons à d'autres le soin de décrire les charmes de sa figure. Avec deux grands yeux noirs, très-expressifs, des sourcils bien arcqués, un teint couleur de rose, une peau fine & très-blanche, il est facile de composer une personne agréable, & de juger du mérite de ce qu'on cache, par la beauté de ce que l'on veut bien nous laisser voir. Mais comme les agrémens extérieurs ſont ceux qui doivent le moins occuper un Philoſophe, nous gliſſerons légèrement ſur ceux de Mouſſeline: c'eſt aux Poëtes ſeuls qu'il appartient de louer, l'Hiſtorien doit ſe borner à peindre.

Mouſſeline annonça, dès ſon enfance, la gravité que nous avons depuis ſi ſouvent admirée en elle. Loin de ſe mêler aux enfans de ſon âge & d'en partager les jeux, on la voyoit toujours retirée, réfléchiſſant ſans ceſſe, occuper utilement ſon eſprit de lectures ſolides, & nourrir ſon ame d'idées morales & profondes. A douze ans elle n'avoit point encore ri. Seulement ce ſourire agréable, qu'on peut appeler le rire de l'eſprit, venoit quelquefois peindre ſur ſes lèvres l'état de ſon ame: mais il ne les entr'ouvroit jamais aſſez pour qu'on pût entrevoir la blancheur de ſes dents. Sans la rotondité de ſes joues on auroit même pu croire qu'elle n'en avoit pas du tout, perſonne au moins ne pouvant ſe flatter de les avoir vues.

Une gravité auſſi prématurée & ſi rare à cet âge, donna lieu à beaucoup de conjectures: les uns l'attribuoient à l'inſouciance, d'autres à l'humeur; les médecins à un commencement d'hypocondrie qui pouvoit avoir des ſuites funeſtes. Mais les ſages de l'Empire conſultés par ſa famille, déclarèrent que cette gravité étoit la preuve d'un eſprit obſervateur, prudent & judicieux; l'annonce d'une raiſon qui exerçant de bonne-heure ſes facultés trouvoit plus à s'affliger qu'à rire; & le cachet d'une ame ouverte à la ſenſibilité la plus profonde : en effet Mouſſeline étoit née très-ſenſible.

C'eſt à cette époque que notre héroïne fût ſurnommée Mouſſeline la ſérieuſe, nom qui peignoit en même temps la fineſſe de ſa peau, & la tournure de ſon caractère.

Héritière d'un bien conſidérable, & dernier rejeton de ſa famille, on ſongea bientôt à lui choiſir un époux. L'idée du mariage qui fait rire la plupart des jeunes filles, redoubla au contraire la gravité de Mouſſeline. Comme elle enviſageoit cet état ſous un point de vue très-philoſophique, il n'eſt pas ſurprenant qu'elle y entrevît moins de plaiſirs que de peines. Et, en effet, aſſocier ſon exiſtence à celle d'un homme qu'on ne connoît pas; ſe voir condamnée à ſupporter éternellement les caprices, les défauts, les vices même de cet inconnu; partager avec lui juſqu'à ſon ſommeil; ſouffrir les maux inévitables d'une longue geſtation, & riſquer chaque année ſa propre vie pour la donner à des êtres qui peut-être en feront un jour le tourment.... Voilà ce que redoutoit Mousseline, & il faut convenir qu'elle n'avoit pas tort de s'en affliger d'avance. Nous ne voyons pas en tout cela le plus petit mot pour rire (22).

Mais comme en Perse, ainsi qu'ailleurs, c'est toujours le plus fort qui fait la loi; & comme dans ce pays, ainsi que parmi nous, ce que les parens consultent le moins c'est l'inclination des enfans, il fallut bien que Mousseline prît son parti, & qu'elle se résolût à obéir.

Cependant, par une grâce particulière, on lui fit voir son prétendu huit jours avant qu'il devînt son époux; mais au milieu d'un cercle de jeunes gens, & sans le désigner; ensorte que lorsqu'on fut sur le point de conclure, & qu'on le lui nomma, son imagination fut tout à fait troublée, parce qu'elle appliqua ce nom à la personne de celui de ces jeunes gens qui lui déplaisoit le plus.

Elle fut cependant un peu rassurée le jour des fiançailles, qui furent bientôt suivies de la célébration & de la consommation du mariage. Ainsi il n'y avoit plus à s'en dédire.

Le devoir sacré d'historien nous impose ici l'obligation de faire connoître l'époux de Mousseline, & quoique nous aimions mieux raconter que peindre, nous ne pouvons nons en dispenser.

Cet époux s'appeloit *Tafrio le rieur.* Il étoit d'une des premières maisons de Perse, & suivoit la profession des armes. Il accomplissoit alors son sixième lustre.

Si nous nous sommes dispensés de décrire les charmes de Mousseline, on pense bien que nous ne nous étendrons pas davantage sur la figure de Tafrio. Que l'on se contente de savoir qu'à de beaux yeux & de belles dents, il joignoit toute la fraicheur de son âge, & un air de gaieté qui contrastoit parfaitement avec le sérieux de Mousseline.

Quant à leurs caractères ils avoient de ces rapports qui plus encore que les dissemblances rompent souvent l'harmonie des menages (23).

Tous deux aimoient respectivement à faire leurs volontés ; ce qui n'annonçoit pas d'une part une grande soumission, ni de l'autre beaucoup de condescendance. On peut dire cependant qu'il régnoit entr'eux un accord parfait.... lorsque leurs volontés étoient les mêmes ; ce qui à la vérité n'arrivoit pas tous les jours.

On ne doit cependant pas inférer de là que leurs caractères fussent pareils. Tafrio vouloit avec vivacité, mais il ne gardoit jamais de ressentiment. Jamais il ne boudoit à la suite de ces petites

querelles

querelles, nées des obstacles qu'on apportoit à ses désirs. Mousseline plus modérée dans les siens, mais non moins persévérante (nous ne voulons pas dire opiniâtre) y mettoit, il est vrai, plus de douceur; mais le chagrin d'être contrariée se changeoit souvent en humeur, & cette humeur duroit long-temps.

On doit penser que ces deux jeunes époux furent, dans les premiers temps, rarement d'accord. Tafrio vouloit mettre son amour propre à gouverner, Mousseline à ne pas l'être; & de ces petites divisions naquirent de grands débats, qui cependant se terminèrent toujours par des rapprochemens. Il est doux de se brouiller, lorsqu'on peut se raccommoder ainsi. Heureuses les guerres dont les traités de paix se signent dans l'obscurité!

Ce qui piquoit le plus Mousseline, c'est que dans tous ces débats Tafrio la traitoit toujours comme un enfant; & comme elle se trouvoit en âge d'en faire, son amour-propre étoit humilié. Elle montroit de l'humeur, du dépit, armes ordinaires de l'enfance, & qui malgré ses quinze ans & sa gravité ne persuadoient pas à Tafrio qu'elle fût encore une personne bien raisonnable.

Ces altercations revenant souvent, Tafrio pensa que quelques mois d'absence en seroient le véritable remède. Il partit un beau jour, ſans en rien dire, pour un voyage en Egypte ; & laiſſa Mouſſeline auſſi ſurpriſe qu'humiliée de ce bruſque & inopiné départ.

Comme elle étoit naturellement très-réfléchie, elle n'eut pas de peine à faire alors un retour ſur elle-même. Elle repaſſa tous les points de ſa conduite avec Tafrio depuis le premier jour des ſix mois qui s'étoient écoulés depuis leur mariage. Elle comprit que la patience n'eſt pas la vertu la moins néceſſaire aux femmes ; qu'il ne ſuffit pas d'être ſans reproche du côté de l'honneur, pour mériter toute l'affection d'un époux, & qu'une complaiſance illimitée eſt la première des baſes d'un ménage heureux.

Nos Mémoires ne nous ayant point donné communication de la correſpondance de Mouſſeline & de Tafrio, lors de cette première abſence, nous ne pouvons dire juſqu'à quel point furent de part & d'autre pouſſés les reproches. Ce que nous ſavons ſeulement, c'eſt qu'il s'y mêla ſouvent beaucoup d'aigreur, ſurtout du côté de Tafrio ; ce qui ſurprendra moins, ſi l'on ſonge que les raccommodemens étant beaucoup plus difficiles de loin que de près, les querelles ſont auſſi beaucoup plus longues.

Tafrio revint cependant au bout de huit mois, mais ce fut pour se préparer à de nouveaux voyages.

Nous savons qu'il regardoit ces absences comme un moyen d'entretenir l'attachement de Mousseline en ne l'usant pas. Il est des femmes avec lesquelles ce moyen peut réussir il est vrai, mais nous sommes loin de regarder cette recette comme un spécifique. Elle n'est point à l'usage des femmes sensibles. Les ressorts de l'ame s'usent plus vîte chez elles par la douleur que par le plaisir.

Cette nouvelle absence dura plus de deux années. Pendant ce long espace, Mousseline eut le temps de faire des réflexions de plus d'une espèce. Livrée tour-à tour aux transports de l'amour & du dépit, tantôt la vanité l'emportoit sur la tendresse; tantôt l'amour, un instant oublié, reprenoit tout son empire: mais telle que fût l'issue de ces combats, le devoir le plus sacré n'en reçut jamais d'atteintes.

Obligée de vivre au milieu du plus grand monde, entourée de séductions, environnée de séducteurs, (24) Mousseline fut toujours inaccessible. Les louanges données à sa beauté amusoient quelquefois son amour-propre, mais elles ne pénétroient jamais jusqu'à son cœur.

Le ſouvenir ſeul de ſon époux l'occupoit tout entier. Ses lettres étoient attendues avec impatience, reçues avec avidité, dévorées avec transport. On eût dit que l'éloignement avoit centuplé ſa tendreſſe.

Tafrio de ſon côté n'étoit point à ſe repentir de la réſolution qu'il avoit priſe. Son amour, alimenté par l'inquiétude du préſent, l'eſpoir de l'avenir, & les ſouvenirs du paſſé, prenoit chaque jour de nouvelles forces. Il étoit au terme le plus éloigné de ſon voyage, à près de mille lieues de ſa chère Mouſſeline, lorſque, ne pouvant plus réſiſter au déſir de la revoir, il réſolut de revenir auprès d'elle.

Sinilogeb, ſon ami, qui l'avoit accompagné dans ſon voyage, fut le témoin de ſon impatience, & le confident de ſa réſolution. C'étoit un gros joufflu ſans ſouci, homme aimable, convive excellent, un véritable enfant de la joie, qui ne concevoit guère qu'au milieu d'une Cour brillante & peuplée de beautés faciles, un mari fût ſi preſſé de revoir ſa femme.

Cependant, comme tout étoit chez lui ſubordonné à l'amitié, il fut le premier à louer le deſſein de Tafrio; & tout fut bientôt prêt pour leur départ.

Mais un obstacle invincible (nos Mémoires ne s'expliquent pas sur la nature de cet obstacle) vint arrêter nos voyageurs, & les contraindre de rester encore six grands mois dans une ville où Tafrio n'auroit pas voulu demeurer six heures.

Nous l'avons peint ferme dans ses projets, impatient dans ses volontés, bouillant dans ses désirs ; qu'on juge quelles durent être ses souffrances. Rien ne peut en donner une idée. Mousseline alors se trouva bien vengée, mais sans le savoir, & sans profit pour elle.

Enfin l'obstacle fut levé, & Tafrio put partir. On doit croire que rien ne put le modérer dans sa course. Il regardoit tout sans rien voir, & fit cette incommensurable route presque sans s'arrêter.

Sinilogeb, qui n'avoit point de Mousseline à revoir, se seroit bien passé d'un voyage aussi rapide. Il eut le chagrin de traverser, sans rien manger, de vrais pays de Cocagne, des lieux où tout excitoit l'appétit.... Mais l'amitié le lioit au sort de Tafrio ; & pour le coup il fallut oublier son estomac en faveur de son cœur. Oh ! c'est une belle chose que l'amitié ; les sacrifices qu'on fait pour elle sont des jouissances.

Si Tafrio s'arrêtoit quelquefois, c'étoit moins pour prendre un peu de nourriture ou de repos que pour écrire à sa chère Mousseline, & la prévenir sur sa prochaine arrivée.

Mousseline habitoit une ville voisine de la mer, & c'est sur cet élément que son époux devoit achever son voyage. Lorsque le moment de le revoir approcha, chaque jour elle se rendoit sur le rivage, & tant que la vue pouvoit s'étendre, elle regardoit si l'esquif qui portoit Tafrio ne s'offroit pas à l'horison. Elle passoit les jours entiers dans cet attente; & nouvelle Nina, elle s'écrioit, lorsque la nuit la forçoit à se retirer, *il ne viendra donc que demain* !

Plus de trente jours se passèrent ainsi. Enfin un soir qu'elle avoit les yeux toujours fixés sur les vagues les plus lointaines, un esclave accourt à elle tout essoufflé, & lui annonce que Tafrio arrivé, l'attend dans leur commune demeure.

Un événement, que nos Mémoires nous laissent ignorer, l'avoit contraint de faire par terre tout son voyage.

A ces mots, Mousseline au lieu de s'amuser à se trouver mal (25), comme tant d'autres femmes eussent fait à sa place, réunit toutes ses forces dans ses jambes agiles, & vole plutôt qu'elle ne court au devant de son époux Une pâleur intéressante avoit effacé les roses de son teint. Toute entière au sentiment qui l'anime, elle ne voit, n'écoute, ne dit, & n'entend rien. Elle ne retrouva ses sens, son cœur & sa raison que dans les bras de Tafrio.

Tous ses torts furent effacés ; un seul moment fit oublier deux années d'alarmes.

Qui pourra peindre les transports de ces deux époux ? Sinilogeb, naturellement flegmatique, ne put lui-même retenir ses larmes. Il ne jugea point cependant à propos d'assister au dénouement de cette scène touchante ; il lui parut qu'elle n'exigeoit pas plus de deux acteurs, & comme elle n'a point eu de témoins, elle ne peut avoir de peintre (26).

Nos Mémoires ne nous conduisant pas plus loin, nous sommes aussi forcés de laisser là nos Lecteurs. Si la suite des avantures de Mousseline la sérieuse & de Tafrio le rieur, vient jamais à notre connoissance, nous ne manquerons pas de leur en faire part.

NOTES DES ÉDITEURS.

(22) LE *plus petit mot pour rire.* M. de Beaumarchais a dit avec esprit que de toutes les choses bouffonnes le mariage est la plus sérieuse ; & l'on pourroit ajouter avec vérité, que la manière dont se traitent ces sortes d'unions dans les sept-huitièmes des classes de la société, est vraiment effrayante, vraiment déplorable, & la principale source de la dépravation des mœurs. Assembler des gens qui ne se connoissent point & que la mort seule pourra

féparer ; ne confulter ni leur goût, ni leurs penchans, ni leurs caractères, pour n'écouter que les froides convenances de l'intérêt ou de la vanité, c'est faire de gaieté de cœur le malheur éternel de deux êtres qui, mieux affortis, auroient pu vivre vertueux & fortunés. C'eft ouvrir la porte aux vices de tous genres, à la corruption, à l'infamie, ou condamner au défefpoir la vertu malheureufe.

(23) *L'harmonie des ménages.* Nous avons obfervé que c'eft moins le rapport des caractères que celui des opinions qui lie les hommes. Il eft même difficile que des êtres réunis par l'amour, l'hymen ou l'amitié, vivent dans un parfait accord, fi leur humeur, leurs fenfations font les mêmes. Il eft néceffaire, par exemple, que le fang-froid de l'un modère la pétulance de l'autre ; fans cela les divifions feroient interminables. On conçoit donc que la difcordance produit ici l'harmonie. Mais fi cette difcordance tient feulement aux opinions, alors tout eft perdu. Une manière différente d'envifager les chofes peut rendre les parties irréconciliables. On a vu un fingulier exemple de cette vérité dans M. le Maréchal de Biron, (dernier mort) & fon époufe. Depuis de longues années ils avoient vécu paifiblement ; la révolution arrivée dans la Magiftrature, en 1771, vint troubler cette union. Le mari prit parti pour la Cour ; la Maréchale, animée de fentimens plus nobles & plus juftes, défendit la caufe des Parlemens, & chacun foutint fon opinion avec tant de chaleur, qu'il leur devint impoffible d'habiter enfemble. Au moment de defcendre tous deux au tombeau, ils rompirent leurs liens ; donnèrent au philofophe des armes nouvelles contre le mariage, & à la fociété l'exemple d'un fcandale de plus. C'eft à cet événement, alors affez récent, que Dorat fait allufion par ce Vers d'une des plus belles tirades de fa Comédie du Célibataire.

Des féparations au bout de quarante ans !

(24) *Environnée de féducteurs.* Il paroît que la vertu des femmes eft auffi expofée en Perfe que parmi nous. C'eft une chofe qui nous a toujours révoltés que cette cour affidue que l'on fait aux femmes mariées, pour peu que leurs époux foient abfens, fouvent même à leurs yeux. On ne permet pas à une jeune fille, qui n'eft gardienne que de fon propre honneur, de regarder un homme en face, ni de l'écouter en particulier ; & l'époufe, que fon état rend dépofitaire de l'honneur d'un mari & de celui de toute une famille, eft en butte à des cajoleries à des féductions de toute efpèce. On n'épargne rien pour lui rendre infupportable le joug de l'hymen, pour le lui peindre fous les plus odieufes couleurs, pour lui faire oublier tous fes

devoirs, & la faire manquer à tous les principes de la décence & de la vertu. Ce contraste ne révolte personne, parce que nous vivons dans l'atmosphère du vice. Nos voisins sont en cela beaucoup plus sages. En Angleterre, en Suisse, en Allemagne, les filles vivent dans une grande liberté. On leur permet de chercher à plaire, & on ne les en estime pas moins lorsqu'elles y réussissent. Mais on interdit aux femmes toute coquetterie, & le mépris les suit de près dans le sentier du vice. On pardonne aux foiblesses d'un cœur libre, mais le sceau du déshonneur flétrit le front de l'épouse adultère. Ce crime leur paroît un outrage fait à la probité.

(25) *S'amuser à se trouver mal.* L'évanouissement est une chose très-ordinaire aux femmes, & dont elles savent tirer un excellent parti. Rien n'est plus commode pour suppléer aux sentimens qu'on n'a pas; pour sauver les derniers affronts à une pudeur mourante; pour savourer, sous l'apparence de l'insensibilité, toutes les gradations du plaisir. Chaque sentiment, comme l'on voit, y trouve son compte, & le tout est mis sur celui d'une ame sensible au dernier point, ce qui ne laisse pas que de faire honneur dans le monde. Il paroît que Mousseline étoit trop franche, trop réellement sensible pour avoir besoin d'un pareil secours. Elle s'abandonna naïvement aux mouvemens d'un cœur vertueux, & d'une joie légitime: & du caractère dont l'Auteur peint Tafrio, nous pensons qu'il devoit mieux l'aimer ainsi, qu'autrement.

(26) *Ne peut avoir de peintre.* Nous sommes surpris que l'auteur Persan nous laisse ici en si beau chemin, car les Écrivains de cette Nation sont forts, ordinairement, pour les descriptions voluptueuses. On doit présumer, d'après le portrait que l'Auteur nous a donné de Mousseline & de Tafrio, que cette première conversation, après une absence aussi longue, a dû être fort animée. Nous pensons même qu'au milieu de l'importance des choses qu'ils avoient à se dire, le sérieux de l'une & l'enjouement de l'autre, auront pu se trouver compromis. Puisse l'union de ces heureux époux se prolonger autant que leur existence, & se soutenir toujours avec la même tendresse, & avec la même ardeur! Ils trouveront dans une mutuelle estime, le principe toujours renaissant de leur amour, & n'auront pas besoin pour en alimenter les feux, de recourir de nouveau au remède trop incertain & trop périlleux de l'absence.

ÉPÎTRE

A M. DE CHOISY (27).

AIMABLE pareſſeux, dont la Muſe légère,
Sait tour-à-tour charmer, nous inſtruire & nous plaire;
Du Dieu des jolis vers illuſtre favori ;
Emule de Delille, & pourtant ſon ami ; (28)
Toi, qu'aux champs du Soleil vit naître l'inconſtance,
CHOISY, permets qu'ici ma timide ignorance,
Eſſayant de parler un langage étranger,
D'une Épître en grands vers haſarde le danger.
Nourri loin de la Cour des doctes immortelles,
Je n'ai jamais chanté les Héros, ni les Belles :
Moraliſte chagrin, peintre auſtère des mœurs,
J'ai gardé mes pinceaux pour de ſombres couleurs,
Et des vices du ſiècle adverſaire farouche,
Jamais le mot d'amour n'eſt ſorti de ma bouche.
Dans tes vers cependant, j'aime encore à l'ouïr :
Chanté par toi, l'amour eſt toujours un plaiſir.
De ton luth raviſſant la touchante harmonie,
Tempère les écarts de ma miſanthropie.
Du Chantre de la Thrace, ainſi les doux accords
Aprivoiſoient les ours, & calmoient leurs tranſports.

La Cité conſacrée au grand Dieu d'Epidaure, (29)
De ta verve naiſſante a cultivé l'aurore.
Tu puiſas dans ſon ſein & ce feu créateur,
Et ce goût épuré, ſage modérateur

Des dons de la Nature, & de ceux du Génie.
Par ſes divins accords, l'auguſte Polymnie
Charma tes premiers ans. Horace & Deſpréaux
Dirigèrent tes pas, par des ſentiers nouveaux.
L'Apollon de nos jours, le magique Voltaire,
Prêtant à ta jeuneſſe un appui néceſſaire,
Mit le comble à leurs ſoins, & t'enſeigna le don
D'orner toujours de fleurs l'eſprit & la raiſon.
Les ſuccès ont paſſé ta modeſte eſpérance.
La Gloire, de ton cœur la ſeule jouiſſance,
Dans cet auguſte Livre aux neuf Sœurs conſacré,
Des enfans d'Apollon conſtamment révéré, (30)
De tes heureux eſſais a gravé les prémices.
Le Dieu du goût, charmé, reçut tes ſacrifices;
Ceignit ton front vainqueur de la palme des arts,
Et voulut ſur toi ſeul attirer les regards.

Après tant de faveurs, ah! pourquoi ton ſilence
Fruſtre-t-il aujourd'hui notre chère eſpérance?
C'eſt en vain que Phébus t'honora de ſon choix,
Tu parois indocile, & rebelle à ſa voix.
Voudrois-tu, renonçant à tes jeux poëtiques,
Végéter triſtement avec ces politiques,
Dont l'éloquence oiſive & les ſottes clameurs,
Font envoler les Ris, & trembler les neuf Sœurs;
Et qui frondant toujours la céſure & la rime,
N'aiment que les forfaits, la licence, & le crime?
Laiſſes là ces horreurs; par de nouveaux écrits,
Reviens toucher nos cœurs, & charmer nos eſprits.
Que les [illegible]mables ſons de ton aimable Lyre,
Reveillent dans nos ſens le plus tendre délire:

Que ce *Frondeur*, remis dans les mains de Molé, (31)
Faſſe enfin les plaiſirs du public aſſemblé.
Ainſi le veut Thalie, & cette aimable Muſe,
De ſes vrais favoris, ne reçoit point d'excuſe.
Allons, prends ton eſſor, ſouviens-toi de ton nom,
Ou je vais te citer à la Cour d'Apollon.

NOTES DES ÉDITEURS.

(27) M. Martin de Choiſy, connu par un grand nombre de poéſies fugitives, qui ont paru ſucceſſivement dans l'Almanach des Muſes, jouit d'une aſſez grande célébrité pour nous diſpenſer de faire ici ſon éloge. On ſe contentera d'ajouter, en faveur de ceux qui ne connoiſſent ni ſa perſonne ni ſes ouvrages, qu'il joint au talent d'un Poëte ingénieux & facile, toutes les qualités d'un homme aimable, & fait pour tenir dans le grand monde, où il vit, la place due à celui qui réunit tous les moyens de conſidération.

(28) Ce vers fait alluſion à une Epître de M. de Choiſy à M. l'Abbé Delille, inſérée il y a quelques années dans le Mercure. Nous pouvons aſſurer qu'aucun hommage n'a autant flatté l'illuſtre Traducteur des Géorgiques. Il ne pouvoit en modérer ſa joie. L'Auteur de cet Ouvrage, alors très-lié avec M. l'Abbé Delille, fut témoin de ſes tranſports & le premier à annoncer à M. de Choiſy tout le ſuccès de ſon Epître, qui eſt, ſous tous les rapports, un morceau infiniment agréable.

(29) Montpellier qui a donné naiſſance à M. de Choiſy (qui même y fait ſa réſidence habituelle) n'eſt pas moins célèbre par ſon Univerſité de Médecine, que par le grand nombre d'hommes éclairés qu'il a produits. Parmi les Poëtes vivans, nous citerons ſeulement M. Roucher, connu par ſon Poëme des Mois, ouvrage rempli de morceaux du plus grand talent, & auquel il n'a manqué que d'être moins prôné à l'avance, pour obtenir un plus grand ſuccès lorſqu'il a paru.

(30) On ſait avec quelle impatience l'Almanach des Muſes eſt attendu chaque année, ſurtout par les Poëtes qui ont quelque eſpérance de s'y voir. Cet eſpoir eſt ſouvent trompé, & quoique ce petit Recueil ſoit rédigé en général avec aſſez de goût, la partialité en fait ſouvent exclure des pièces eſtimables, pour en adopter

de médiocres. Au reste on ne peut refuser à l'Homme de Lettres, chargé depuis près de 30 ans de cette rédaction, des connoissances, un goût assez sévère, & des principes assez sains en poésie & en littérature. On en a pu juger aussi par le Journal de Paris, dont il a rédigé pendant long-temps la partie littéraire.

(31) M. de Choisy est auteur d'une Comédie de caractère intitulée le *Frondeur*, reçue depuis long-temps à la Comédie française. Cet ouvrage, écrit avec beaucoup de goût, obtiendra sans doute un succès qui confirmera la juste célébrité de ce Poëte aimable. On aimera peut-être à le comparer avec un caractère tout opposé, *l'Optimiste*, production d'un jeune écrivain qui accomplit à peine son septième lustre, & qui compte déjà quatre Comédies de caractère, pleines d'esprit, de talent, de grâce & de traits vraiment comiques, vraiment originaux. Nos lecteurs devinent sans peine que nous voulons parler ici de M. Collin d'Harleville, auteur de *l'Inconstant*, de *l'Optimiste*, des *Châteaux en Espagne* & du *vieux Célibataire*, quatre ouvrages dont un seul suffiroit pour établir une grande réputation. Nous trouverons quelque jour l'occasion de nous étendre sur le mérite respectif de ces Comédies qui feront époque dans notre littérature : nous nous bornerons à dire aujourd'hui que c'est peut-être à M. Grimod que ce jeune Poëte a dû ses triomphes, & le public ces jouissances. Rebuté dès ses premiers pas dans la carrière dramatique, & peu fait aux manières des Comédiens avec les auteurs, M. Collin dont l'ame fière ne savoit pas plier sous l'amour propre des autres, dès qu'il croyoit sa délicatesse compromise, avoit retiré son Inconstant, joué seulement à la Cour, & s'étoit ainsi fermé pour jamais la porte du Théâtre français. M. Grimod employa sa médiation & son crédit auprès des Comédiens pour la lui faire s'ouvrir. La chose étoit fort difficile; mais aidé par M. Molé qui s'est toujours montré l'ami des Gens de lettres, & qui sait apprécier les talens parce qu'il en a beaucoup lui-même, il eut le bonheur d'y réussir. L'Inconstant fût joué à Paris avec un grand succès; M. Collin rentra en grâce avec la Comédie, qui s'apperçut bientôt qu'elle avoit travaillé pour ses propres intérêts, en rendant justice à un auteur si bien fait pour attirer la foule. M. Grimod s'est souvent applaudi du succès de ses soins; ils lui ont mérité quelque reconnoissance de la part du public, de la Comédie française, & de M. Collin d'Harleville.

DES GENS DU MONDE.

LES Gens du Monde forment une claſſe de la Société qu'il paroît d'abord aſſez difficile de définir. Mais comme un même eſprit les anime, que les mêmes paſſions les agitent, que les mêmes inpulſions les dirigent, qu'ils ſemblent n'avoir en un mot qu'une même manière de voir, de ſentir & de juger ; nous croyons qu'on peut les conſidérer comme un véritable corps, & les étudier ſous ce point de vue.

La diviſion de Fous & de Sots, adoptée par quelques Philoſophes, pourroit aſſez leur convenir, s'il ne ſe rencontroit quelquefois parmi eux un petit nombre de gens d'eſprit qui ſormeroient une troiſième claſſe.

Lorſqu'un homme s'éloigne du cercle étroit des idées reçues, qu'il mépriſe les préjugés indifférens à l'honneur & à la vertu, qu'il veut enfin être heureux à ſa manière, chacun crie : *c'eſt un Fou.* Les ſots qui ont encore plus d'intérêt à le faire croire, crient plus haut que les autres ; & tous s'accordent à taxer de démence un être qui vaut certainement mieux à tous égards que ces jugeurs ignorans.

Damis s'est vu pendant vingt ans en butte aux traits de la calomnie ; plus il y paroissoit indifférent, plus on tâchoit de l'y rendre sensible. On ne lui tenoit compte, ni d'une conduite irréprochable, ni d'une probité sans tache, ni d'une honnêteté rare, ni d'une vertu sans cesse éprouvée. Damis étoit un homme à fuir, à renfermer, à proscrire, & l'on est en effet parvenu à l'éloigner. C'est que les Gens du monde ne pouvoient pardonner à Damis de n'avoir voulu devoir qu'à lui-même la considération que tant d'autres empruntent de ce qui les entoure ; d'avoir méprisé sans cesse leurs petits moyens d'ambition & de vanité ; en un mot d'être lui, d'avoir un caractère.

Seroit-il donc vrai que les Gens du monde fussent tellement brouillés avec l'esprit, qu'ils en voulussent même à ceux qui nés sans prétentions, cherchent seulement à en acquérir? A en juger par leur acharnement contre toute espèce de réputation, nous serions tentés de le croire.

La vanité est un sentiment si sot qu'il ne pardonne aucune espèce de supériorité. Toute comparaison l'humilie. C'est au moins une justice intérieure qu'il se rend à lui-même. Il faut lui en savoir quelque gré, car il est rare aux sots d'être modestes.

On voit par là que la guerre, allumée depuis si long-temps entre les Gens du monde & les Gens de Lettres, n'est pas prête à s'éteindre. Comme la fortune seule fait les premiers, & que les autres ne doivent leurs avantages qu'à l'étude & à la nature, il est juste qu'ils achètent leur gloire par quelques tribulations. Il faut de la compensation en toutes choses, & peut-être deviendroient-ils trop puissans, s'ils cessoient d'être persécutés.

Les Gens dits de bonne compagnie se targuent beaucoup de ce qu'ils appellent l'usage du monde, & croient avoir bien humilié un homme d'esprit, quand ils ont fait devant lui parade de cette science frivole. Mais qu'ils tâchent de se persuader que chacun peut acquérir en peu de temps ce puérile avantage; que la vraie politesse étant dans l'ame, un galant homme est toujours un homme poli : qu'ils sachent enfin que ce labirinthe d'usages ridicules qu'ils voudroient faire croire nécessaires, peut tout au plus embarrasser un Provincial, qui ne tardera pas à les mépriser s'il ne peut les apprendre; & que, si rien n'est plus ennuyeux que l'étude de ce protocole de minuties, rien n'est aussi plus facile.

Nous sentons bien que ces vérités ne plairont pas à tout le monde, mais c'est ce qui nous importe peu.

On

On ſait bien que ce n'eſt pas l'opinion des ſots qui nous gouverne ; il ſuffit d'en avoir été longtemps la victime, pour ne laiſſer perdre aucune occaſion de la braver.

A conſidérer philoſophiquement les Gens du monde, on a de la peine à ſe perſuader qu'ils puiſſent devenir dangereux. La frivolité devroit émouſſer en eux les traits de la ſatyre ; & lorſque la médiſance n'eſt pas aſſaiſonnée par l'eſprit, elle ceſſe d'être redoutable. Ces principes, qui ſont vrais dans la théorie, ceſſent de l'être dans la pratique. On eſt tout ſurpris de voir les ſots faire ou renverſer la réputation des Gens de Lettres. Ce ſont les Rats qui détruiſent le palais de Verſailles. Il eſt vrai que la poſtérité qui ne connoît que les ouvrages, n'adopte pas ces jugemens aveugles, mais ils n'en empoiſonnent pas moins l'exiſtence de celui qui y attache quelque prix, & portent dans ſon ame le découragement & le déſeſpoir.

En général les Gens du monde pardonnent tout, hors la ſupériorité. Choqués par toute comparaïſon qui humilie leur amour-propre, ils aiment mieux traverſer l'homme qui leur fait ombrage, que d'applaudir à ſes ſuccès.

On nous oppoſera peut-être l'enthouſiaſme

avec lequel ils prônent certaines actions, certains ouvrages, & certains auteurs. Mais qu'on prenne garde que cet enthousiasme factice ne se reproduit que dans deux sortes de circonstances. Ou lorsque le mérite éclate tellement, que leur acharnement dévoileroit leur jalousie ; ou lorsqu'il s'agit d'élever autel contre autel & d'affoiblir le talent qu'ils redoutent, en lui opposant la médiocrité qu'ils protègent : mais dans le premier cas, l'envie trouve toujours à se venger en secret de son hommage public & contraint ; & dans le second, elle jouit en quelque sorte des épines dont elle a semé la carrière du Génie. C'est ainsi que la Phèdre de Pradon balança quelque temps la Phèdre de Racine, & que l'hôtel de Rambouillet dépensa 30,000 liv. pour perdre un grand homme qui avoit dédaigné son suffrage. Mais le public, qui peut quelquefois être égaré, mais qui finit par être juste, ne resta pas long-temps indécis. Pradon & ses prôneurs conspués, bafoués, presque ruinés, & n'osant plus paroître, furent forcés de dévorer leur rage impuissante, & de cacher leur honte dans le cercle étroit de leur coterie. Racine bientôt vengé par le succès le plus éclatant, eut pour lui la Cour & la Ville ; & le Législateur du Parnasse mit le comble à la gloire de son illustre ami en marquant son indigne adversaire de l'ineffaçable sceau du ridicule & de la satyre. Le nom de Pradon est devenu une injure, & n'est plus connu que par l'opprobre dont il est couvert. Ainsi tout charlatan d'esprit ou de vertu, doit s'attendre à être traité tôt ou tard. Ainsi plus son succès envahi a été rapide, plus sa chute méritée devient humiliante. Semblable à ces corps élastiques, que leur propre nature fait triompher d'une compression instantanée, le Génie persécuté reprend bientôt sa place, & confond par son éclat la haine, la sottise, le fanatisme & l'ignorance.

Ces réflexions devroient rendre les Gens du monde plus circonspects dans les choix de leur admiration ou de leurs censures. La gloire d'un grand Ecrivain est pour lui seul ; mais l'humiliation d'un mauvais Auteur retombe sur ses prôneurs indiscrets, & le public frappe du même ridicule & la pièce sifflée, & la coterie ignorante, protectrice née des médiocres ouvrages.

Le désir d'en imposer aux sots n'est pas le seul motif qui guide les Gens du monde dans la protection qu'ils feignent d'accorder aux Lettres. Ils espèrent, en faisant des créatures, se faire aussi des appuis ; & que de ce commerce d'éloges convenus, & de mutuelles adulations, naîtra pour eux une ſorte de conſidération, capable de les porter aux places qu'ils ambitionnent (32). Ce manége a réuſſi à pluſieurs, parce que ce n'eſt pas le public qui nomme à ces places. Mais comme c'eſt lui qui juge & qui ſouffre, il s'eſt vengé par des couplets & des épigrammes de ces choix qui inſultent au mérite, & qui prouvent une vérité, malheureuſement trop reconnue, c'eſt que l'eſprit, le talent & la vertu, n'ont jamais ſervi de degrés au temple de la Fortune.

Le ſuccès des bons ouvrages & l'avancement de leurs auteurs, ne ſauroient prévaloir contre la vérité de ces obſervations ; car outre que les exceptions ne ſont jamais des preuves, cette objection ſerviroit bien plutôt à appuyer notre ſyſtême, qu'à le combattre. Le Génie ſurmonte tous les obſtacles, force à l'admiration, briſe à la fin les entraves qu'on ſe plaît à lui donner ; & ſemblable à l'aſtre lumineux qui vivifie la Nature en l'éclairant, il diſſipe par ſa ſeule apparition tous les nuages qui voudroient obſcurcir ſon éclat. Tel a toujours été le ſort des grands ouvrages. Mais leurs auteurs ne ſont pas à beaucoup près auſſi heureux. S'ils ne joignent le talent de l'intrigue au don du génie, ils demeureront dans l'indigence, & seront en butte à des vexations multipliées. Corneille, la

Fontaine, Piron, les deux Rousseaux, morts pauvres ou persécutés en sont la preuve. Beaucoup d'Auteurs vivans, qui n'ont pas voulu se faire Philosophes, ou dont la noble fierté a refusé de s'attacher à un parti, (l'estime publique nous dispense de les nommer,) fortifient cette opinion. Tous ceux au contraire qui n'ont pas craint de dégrader leur talent par la souplesse, de l'avilir par l'adulation, de rechercher les honneurs & la fortune par des moyens inconnus au véritable génie; qui ont su enfin se faire pardonner leur supériorité par les Gens du Monde, en adoptant leurs principes & leurs vices; ceux-là sont morts riches, puissants & prônés. La liste en est longue dans ce siècle; mais il y auroit de l'injustice à ne pas mettre en tête MM. de Voltaire, Fontenelle & d'Alembert.

Il est vrai que la Postérité, qui n'est d'aucune Académie, qui ne dîne chez personne, & qui met tout le monde à sa place, ne tarde point à assigner les rangs; & malheur alors à ceux qui ont joui d'une gloire usurpée! C'est le moment de l'impartialité, de la justice & des vengeances.

Les Gens du Monde, considérés entre eux, abstraction faite de leurs rapports avec les Gens d'esprit, méritent assez peu de fixer les regards.

Ils ne nous offrent que les mêmes passions, reproduites sous mille formes différentes. L'ambition qui n'est qu'une avarice déguisée ; la vengeance qui n'est que le résultat du désir de supplanter & de l'envie de nuire ; la vanité qui endure les affronts & ne sait supporter les offenses ; la soif insatiable des honneurs, & surtout des richesses, qui ne connoît point de voies illicites pour parvenir à ses fins : voilà ce qui constitue le caractère de la plupart des Grands. Nous ne leur ferons pas l'honneur de les croire susceptibles d'amour ; cette passion ne peut germer dans des cœurs corrompus. Mais nous les connoissons libertins sans désirs, débauchés sans remords, & crapuleux sans honte. Le mépris des lois les plus sacrées semble même nécessaire à leurs jouissances. Un adultère est bien plus piquant pour eux qu'un commerce libre, & la réunion de deux crimes est un attrait qui éguise pour eux les sensations de la volupté.

Le Culte, autrefois l'objet de leurs railleries, est aujourd'hui celui de leur indifférence. La Religion, ce premier besoin de l'homme vertueux, ce lien sacré des mortels, ce modérateur puissant & nécessaire de toute société, la Religion est pour eux un être idéal, à peine songent-ils s'il en existe encore.

Si les mots de bienfaiſance & d'humanité ſont quelquefois dans leurs bouches, ces vertus habitent bien rarement dans leurs cœurs. La dureté, l'inſenſibilité, le mépris du pauvre, voilà ce qu'on y trouve; & comme la compaſſion des maux d'autrui ſemble établir entre les hommes une ſorte d'égalité dont ils rougiſſent, l'être ſouffrant eſt tout-à-fait étranger pour eux. Si quelquefois ils s'aviſent de l'aſſiſter, cette légère offrande ſera moins un bienfait qu'une aumône.

Ce Tableau des Grands a été tracé il y a quelques années, c'eſt-à-dire lorſqu'ils étoient tout-puiſſans & qu'il y avoit quelque courage à en parler avec cette franchiſe. Aujourd'hui, que par un concours de circonſtances, qu'il étoit difficile de prévoir, ils ſont tombés dans le dernier degré du malheur & d'humiliation, il y auroit de la barbarie à les traiter avec autant de ſévérité. Eſpérons que ces leçons terribles leur feront faire des réflexions ſages, & qu'ils en tireront au moins cet avantage, de penſer que l'homme n'eſt jamais heureux par tout ce qu'il l'entoure, & que le ſeul genre de bonheur qui ſoit à l'abri de l'adverſité, c'eſt le ſentiment d'une conſcience ſans reproches, & l'amour conſtant & inaltérable de la vertu.

FIN.

NOTE DES ÉDITEURS.

(32) *Aux places qu'ils ambitionnent.* C'eſt ainſi qu'un Charlatan trop connu pour notre malheur, a trouvé le moyen de s'élever du fond d'un obſcur comptoir, aux premières places de l'Etat. Il avoit ſoin, à l'aide d'un cuiſinier habile, de raſſembler dans ſa maiſon nos Philoſophes affamés, qui furent autant d'échos de la rénommée de cet ambitieux. Le bourſouflé Thomas corrigeoit les thêmes du mari, & dédioit des brochures à la femme, vrai perſonnage de Comédie, & que Molière n'auroit ſurement pas laiſſé échapper. On rit d'abord, mais on finit par croire un grand talent à cet homme qui n'avoit guère que celui des autres. C'eſt ainſi qu'il parvint à tenir dans ſes mains impures le gouvernail de l'état; & que chaſſé juſqu'à trois fois, il eût le ſecret de s'y faire rapeller, & la baſſeſſe de le reprendre. La nullité de talens, l'hypocriſie de vertus, la criminelle ambition qu'il a ſucceſſivement déployées dans cette place, ont été la ſource de maux incalculables: on pourroit ajouter l'horrible ingratitude dont il a payé les Gens de lettres, ſeuls cauſes de ſon élévation. Tant qu'il a conduit les affaires, aucun d'eux n'a reçu du gouvernement la plus légère faveur. Il apportoit au contraire tous ſes ſoins à les écarter. Il eſt vrai qu'un de ſes ſucceſſeurs les a bien vengés de cet oubli; & que ſous ce miniſtère brillant & mémorable, les faveurs & les dons de la Cour ont été chercher le mérite obſcur & oublié, & ont rappelé pour un moment les beaux jours de Colbert & de Louis XIV.

Fin des Notes.

TABLE des Morceaux que renferme cette Brochure.

Fin de la Table.

www.ingramcontent.com/pod-product-compliance
Ingram Content Group UK Ltd.
Pitfield, Milton Keynes, MK11 3LW, UK
UKHW022124260726
13993UKWH00003B/1210